# Catalina y Catalina

# Catalina y Catalina

Sergio Ramírez

CATALINA Y CATALINA


ALFAGUARA M.R

De esta edición:

Av. Universidad 767, Col. del Valle
México, 03100, D.F. Teléfono 5688 8966
www.alfaguara.com.mx

- Distribuidora y Editora Aguilar, Altea, Taurus, Alfaguara, S.A.
Calle 80 Núm. 10-23, Santafé de Bogotá, Colombia.
- Santillana S.A.
Torrelaguna 60-28043, Madrid, España.
- Santillana S.A.
Av. San Felipe 731, Lima, Perú.
- Editorial Santillana S.A.
Av. Rómulo Gallegos, Edif. Zulia 1er. piso
Boleita Nte., 1071, Caracas, Venezuela.
- Editorial Santillana Inc.
P.O. Box 19-5462 Hato Rey, 00919, San Juan, Puerto Rico.
- Santillana Publishing Company Inc.
2043 N. W. 87 th Avenue, 33172, Miami, Fl., E.U.A.
- Ediciones Santillana S.A. (ROU)
Constitución 1889, 11800, Montevideo, Uruguay.
- Aguilar, Altea, Taurus, Alfaguara, S.A.
Beazley 3860, 1437, Buenos Aires, Argentina.
- Aguilar Chilena de Ediciones Ltda.
Dr. Aníbal Ariztía 1444, Providencia, Santiago de Chile.
- Santillana de Costa Rica, S.A.
La Uruca, 100 mts. Oeste de Migración y Extranjería, San José, Costa Rica.

Primera edición: junio de 2001

ISBN: 968-19-0828-7



Impreso en México

# Índice

*Para Hortensia Campanella*

# La herencia del bohemio

*A Elianne*

Folklore (voz inglesa) es el conjunto de tradiciones, creencias y costumbres de las clases populares, entre las que se incluyen las danzas y canciones herencia del pasado, atribuidas al pueblo porque sus autores se han perdido en la antigüedad o en el anonimato; y asimismo se designa bajo la misma voz la ciencia que estudia estas materias.

Gigantona es una muñeca de muy alta estatura que consta de una armazón de madera, o se fabrica de varas tensadas hasta dar forma al esqueleto; ancha de hombros, frondosa de pechos y estrecha de caderas, la briosa titanta va vestida de larga falda de colorines y blusa estampada como una gitana muy señora de la calle, la cara de barro cocido pintada de un rosa natural, los labios encendidos de rojo carmesí, y pestañas de trazos de carbón rodeando los ojos que parecen sorprendidos mientras baila moviendo sus brazos de trapo al compás insistente del tambor, lo mismo que se mueven allá arriba sus trenzas de oro hechas de cabuya. Cabuya es una fibra extraída de la planta llamada pita o henequén (agave americano, familia de las amarilidáceas) utilizada en la fabricación de sacos y cordeles.

La gigantona es llamada en razón de alabanza bajo otros nombres diversos, verbo y gracia: dama soberana de mis amores, dama dueña de mi noble empeño, mi damita gentil y galante, mi muy gallarda damisela, o la señora galana, mi señora donosa, mi muy digna señorona, y asimismo la potente giganta, y la garbosa y fiera titanta, según el placer y parecer del coplero; pero tiene ella siempre un nombre propio con el que su dueño la bautiza una vez que ha recibido los últimos retoques de pintura y está ya engalanada de todos sus atavíos, como por ejemplo: Rosaura, Graciela, Flor, Matilde, Estebana.

La dama de la que aquí se va a hablar tiene por nombre Teresa, en cuya frente el cielo empieza, y por ser de las mejor adornadas, en lugar de una simple diadema de cartón con forro de papel de fantasía, luce una corona incrustada de piedras refulgentes, además de vistosos aretes de hojalatería, un collar de semillas pulidas de varias vueltas, un brazalete surtido de monedas y numerosos anillos en los dedos, además de todo lo que luego se dirá.

Bailante es una persona de sexo masculino que, metido debajo de las faldas de la muñeca llamada gigantona, va de noche por las calles cuando toca en el calendario diciembre, y otros meses más allá de la Navidad, revoleando a la imponente dama en círculos o en pases de reverencia de ida y venida, brazos y trenzas al vaivén, todo esto al ritmo de un tambor que acomete un compás de marcha forzada, acelerado a veces hasta parecer un redoble de rebato que termina por sacar de sus casas aun a los más remorosos, y prende detrás de la procesión una cauda de niños. Tal oficio callejero puede también ser desempeñado por una persona del sexo femenino, como va a probarse, pero se sabe que no es lo común de todos modos ver el rostro de una mujer asomando por la ventana disimulada entre los pliegues de la falda a la altura del vientre de la muñeca, cuando calla el tambor y el bailante fatigado reclama algo de beber.

Para sacar una gigantona por las calles, en alegría de la gente que sale a admirarla a sus puertas, y en demanda del propio sustento de quienes la pasean, se necesita de una comparsa de cinco que por fuerza de necesidad suelen ser padres e hijos, a saber: el bailante que va dentro de la armazón y debe mover a la poderosa señora con gracia y soltura al son del tambor, como ya se dijo; el coplero que entona las décimas en las interrupciones del baile, saludando a los presentes con rimas floridas; el tamborero que repica sobre el parche de su tambor con los bolillos; el Pepito o enano cabezón, papel que toca al más niño del grupo, para que parezca de verdad un enano, disfrazado bajo una enorme cabeza fabricada de cartón, que bien puede ser también una caja de embalaje debidamente provista de ojos y boca, y así baila a la vera de la gran damisela vestido con un viejo saco de casimir que antes fue de gala, más una fusta bajo el brazo como un jinete que dejó olvidado en algún paraje su caballo; y por fin un suplente que entra bajo las faldas de la giganta cuando el portador titular se siente cansado, porque hubieran llovido las solicitudes de baile, en cuyo caso fatiga se paga con dicha, o porque haya sido muy larga la caminata de un barrio a otro de la ciudad capital. Managua, situada a orillas del lago Xolotlán, es la ciudad capital de la república de Nicaragua.

Cuando se hace muy tarde y la comparsa de artistas se encuentra lejos de su punto de partida, entonces la noble dama debe buscar asilo para pasar la noche, como es el caso de esta historia, porque nuestros héroes vienen andando y bailando desde algún perdedero del barrio Domitila Lugo, en el sector oriental de la ciudad, por donde viven y desde donde salieron al atardecer; atravesaron la Carretera Norte para pasar por todo Bello Horizonte bordeando de cerca los muros del Cementerio Oriental, entraron de allí a Villa Venezuela y cruzaron después por el barrio Ducualí, y ya son pasadas las once cuando se ven en las calles de la Colonia Máximo Jerez. Acaten ustedes que no hay casi ya gente en esas calles, lucen desiertos los andenes, están las luces apagadas en los porches y sólo un perro les ladra furioso detrás de una verja a los paseantes que llevan ahora su muñeca a paso lerdo entre las sombras.

Puede ser que el asilo se le busque a la garbosa señora en el domicilio de algún conocido, pero si no es así, porque varían cada noche los rumbos del paseo y no por todas partes van urdiendo amistades unos artistas callejeros como estos que decimos, sólo resta la posibilidad de que estando abierta alguna puerta, quizá la de alguna pulpería, dentro se divise a alguien, un alma caritativa que se prepara a acostarse, y entonces esa alma caritativa se muestre dispuesta a consentir, tras un parlamento breve o largo, según sea dúctil o no desde el principio su voluntad, a que la dama entre a reposar en aquella morada, en cuyo caso será introducida en hombros de los andariegos de la comparsa como si hubiera sufrido un desmayo, porque sólo así, yacente, puede caber por una de esas puertas de casas que no son ningún ejemplo de holgura; y entonces lo más cierto es que nuestra airosa señora pase la noche bajo algún cobertizo donde hay trastos viejos, una palangana rota, una jaula de gallos hace tiempos vacía, el torno de un mecánico o el banco de un carpintero, o en todo caso la arrimen al muro del patio, que si el vecino se levanta a orinar más tarde, se asombrará de seguro al ver sobresalir del otro lado aquella pensativa cabeza coronada.

La comparsa se despide, mañana vendrán por su muñeca y ése será el nuevo punto de partida del paseo; y como buses no hay ya a esas horas, buscan entonces un taxi, si es que la demanda fue buena, o bien deshacen el camino con pies dolientes como ocurrió aquella noche con esta comparsa que nos ocupa, pues habían ganado demasiado poco a pesar del largo recorrido. Fue un viaje penoso aquel de regreso hasta el barrio Domitila Lugo, porque ya el bailante, y cabeza de la familia, se encontraba gravemente enfermo. Domitila Lugo fue, según se dice, una combatiente guerrillera caída en la insurrección popular de los barrios orientales contra la dictadura somocista en 1979.

"Un bailante menos y un pleito familiar más. Eso fue lo que quedó después del deceso de Martín Lindo Avellán, dueño de una gigantona llamada *la Teresa*", escribe Karla Castillo en la nota titulada "La herencia del bohemio", página de sucesos de *El Nuevo Diario* del 16 de diciembre de 1999. "Con sus tres metros de altura, armazón de madera y su cara recién maquillada con pintura acrílica de pared, la Teresa es ahora la manzana de la discordia entre la hermana mayor del difunto, de nombre Soraya, y la viuda del mismo, Amanda Suazo, más sus tres hijos huérfanos, pues cada bando reclama el derecho de quedarse con la muñeca. Alexis de once años, Marvin de siete, y Marina de cinco, son los huérfanos que capitaneados por su madre intentan retener en su poder el instrumento de trabajo de su padre Martín, quien murió tempranamente, a los treinta años de edad, a causa de la cirrosis hepática que le causó su vida bohemia."

Vamos a ver entonces la repartición de papeles en el acompañamiento de esta damisela de la noche llamada la Teresa: Martín, el fallecido de cirrosis, era el bailante; Alexis, el mayor de los hijos, el coplero; Marvin, el que le sigue, el tamborero; Marina, la más pequeña de los tres, el Pepito o enano cabezón; y Amanda, la esposa, bailanta suplente por aquello de que debía meterse bajo la armazón cuando el marido se cansaba, y sobre todo en los últimos tiempos, pues debido a su grave enfermedad, que le empezó con debilidades y sudores, se volvió nulo en resistir la agitación del baile. Esa vez que decimos, cuando volvían a pie a su casa a medianoche tras dejar guardado a buen recaudo su tesoro en el patio de una pulpería de la Colonia Máximo Jerez que aún no cerraba su puerta, vomitó por tres veces la sangre en el pavimento.

"Desde los diez años anduvo Martín bailando a su dama por las calles de León, pues a él le tocaba suplir a su padre cuando se emborrachaba", explica Amanda Suazo, la viuda. Aquel su padre, Felipe Lindo Ubeda, murió trágicamente porque, bebido como andaba, lo atropelló el tren queriéndose cruzar la carrilera mientras iba metido debajo de la falda de su gigantona; y entonces Martín, por ser su hijo único recibió la muñeca como herencia, y se vino con ella para Managua en busca de mejor fortuna. Debido a que la locomotora no cogió al difunto de frente, la muñeca salió sin mucho daño del percance, salvo unas roturas de la falda, y un pecho que se le desprendió a la armazón, algo fácil de arreglar porque el busto de las gigantonas se fabrica con jícaros.

Jícaro es el fruto del árbol del mismo nombre *(Crescentia cujete)*, de hojas acorazonadas y flores blanquecinas, que crece en los llanos desolados; este fruto, de forma esférica u oblonga, tiene una cáscara de gran dureza que suele utilizarse como recipiente, mientras la pulpa, rica en proteínas, resulta un excelente alimento para el ganado.

Para ese entonces, al ser pasada en herencia, la formidable Teresa no gozaba de tantos atributos, ya que tenía la cara sucia y la color apagada. Martín no sólo le reparó los daños sufridos en el accidente que costó la vida de su padre, sino que ya puesto en Managua la embelleció con una nueva mano de pintura en la cara, le retocó boca, ojos y pestañas, le dio a coser una falda de crespón verde musgo y una blusa estampada con rosas de Bengala, le adornó los hombros con un pañuelo de una seda lustrosa llamada piel de espejo, y de las manos de un maestro hojalatero que buscó en el barrio Don Bosco salió aquella corona refulgente de pedrería.

Si algo le reprocha hoy a Martín su viuda, es la terca manía de llevarse a la Teresa a las cantinas cuando soltaba la parranda como si se tratara de una mujer casquivana, de modo que en el patio, entre las mesas de los bebedores, se podía divisar a la muñeca de espaldas hombrunas y pechos altivos estacionada con toda seriedad, fijos los ojos como si oyera con escándalo mudo las groseras liviandades de los borrachos, hasta que su dueño, una vez saciada la sed alcohólica, volvía tropezando a su casa metido debajo de las frondosas faldas, según la misma costumbre de su padre allá en León. Con lo que era la muñeca, inclinándose a punto de caer, la que daba el aspecto de embriagada.

Cuando Martín empezó a sentirse peor de salud, después de los primeros vómitos de sangre de aquella noche, ya no pudo abandonar la vivienda, y entonces Amanda no tuvo vacilación ninguna en tomar el camino cada atardecer para bailar ella misma a la Teresa. Sus pequeños hijos se iban con ella, cada uno responsable de su mismo papel de antes en la comparsa.

Se trata de una mujer resistente y decidida, dueña de movimientos enérgicos, como puede comprobarse al verla soplar con un viejo sombrero de palma el fogón en el patio de su estrecha vivienda. Estaba sabida de que en aquella comparsa no había ahora suplente y que por lo tanto, suyo por entero era todo el recorrido, sin que valieran quejas ni remilgos, aunque a veces sintiera, como dice, que se le clavaban los pies en el suelo de puro molimiento, y la armazón de la muñeca le pesaba como si cargara sobre los hombros un quintal de plomo; además de que el público no consiente ningún desmayo ni desliz en el baile, porque entonces se va de las aceras y se vuelven magras las contribuciones.

Y por fin tuvo que dejar la calle, no debido a que la doblegara el esfuerzo, sino porque cada vez le dolía más abandonar a Martín en la soledad de la vivienda, sin amparo de nadie que le pasara el remedio, o lo detuviera por la cabeza y le alcanzara la lata cuando le venían las arcadas de vómito; y así decidió entregar a la Teresa en alquiler a un muchacho serio y responsable de nombre Danilo Astorga. El trato fue un pago de doscientos córdobas semanales, los que no se dejaron de recibir mientras duró la agonía del esposo.

Los niños están en desventaja ante su tía, la ya mencionada Soraya, mujer de mucha labia, modales altaneros y talante corpulento, quien vive a pocas casas sobre la misma calle. Alega ser la única con derecho para heredar la gigantona en disputa, ya que, de acuerdo con pruebas en su poder, fue ella quien sufragó el costo de las medicinas de su hermano, y no tiene impedimento en mostrar las facturas de las cuentas de la farmacia, y más que eso, el pagaré firmado por aquel en su lecho de muerte, donde expresa: "debo y pagaré a mi hermana Soraya Lindo Avellán los gastos incurridos durante el transcurso de mi fatal enfermedad, con la entrega de la gigantona llamada la Teresa, de la que soy dueño y poseedor, para que mi dicha hermana la disfrute en legítimo uso y propiedad". Y dice ante esto la viuda: "Esa mujer cruel y sin entrañas ya tiene su propia gigantona, que la baila su hijo mayor de nombre Norberto, no sé por qué quiere otra a costa de la única herencia que dejó el finado Martín mi marido a mis tiernos hijos."

Por el momento el más confundido es Danilo Astorga, quien por ser soltero, ajeno a obligaciones familiares, paseaba a la Teresa en comparsa con otros cuatro jóvenes de su edad, sin saber ahora a quién entregar el dinero que aún debe del alquiler, si a Amanda la viuda, o a Soraya la hermana, que cuando lo veía pasar en su ronda nocturna, ya muerto Martín, se plantaba en su puerta a reclamarle con alardes ofensivos no sólo los pagos, sino la entrega de la gigantona, no importando que hubiera gente asomada a las aceras en afán de diversión y no de querellas. Y no transcurrieron muchos días sin que se presentara a la policía reclamando el decomiso físico de la Teresa, el cual fue ejecutado.

"Esa gigantona, lástima que esté presa, es muy popular en los barrios orientales por gallarda y bien trajeada, yo tuve con ella mucho éxito; me ayudaba, además, que llevaba un buen coplero que a los catorce años de edad compone sus propias coplas y también menciona algunas del difunto", dice Danilo Astorga, quien posiblemente sea citado como testigo ante la policía, la que a su vez decidirá a cuál de las partes debe ser entregada la muñeca, así como el dinero que él resta en deber.

Por su parte cuenta la viuda que el lunes pasado, sintiéndose ya en su final, Martín llamó a sus tres hijos al lado de su camastro, y les hizo saber que les dejaba en herencia a la gigantona ahora en litigio, la cual lleva el nombre de su propia madre, la abuela paterna de los niños, pues se llamaba ella Teresa Avellán de Lindo, originaria del barrio del Laborío allá en León, donde se juntó con el difunto Felipe Lindo Ubeda. León es la segunda ciudad en importancia de Nicaragua, y es allí donde se originó el baile de la gigantona.

Mala suerte para ella y para sus vástagos, continúa Amanda, que nadie más escuchara de los labios del infeliz moribundo esa promesa, pronunciada en voz muy disminuida, ya que las arcadas de vómitos de sangre lo habían despojado de todas sus fuerzas.

Hoy en día la gran Teresa de esta historia permanece retenida en la estación de policía del Distrito 6, donde recibe a diario la visita de los tres miembros de su antigua comparsa, Alexis de once años, Marvin de siete, y Marina de cinco, mencionados otra vez en orden de edad, quienes hasta que cae la noche se dedican en silencio a hacerle compañía a su dama. Junto a la muñeca fueron requisados también el tambor con sus palillos, así como el saco de casimir, el fuete y la cabeza del enano cabezón, o Pepito, que puesta allí sobre el piso no parece ser sino lo que en verdad es, una caja de cartón con unos huecos por ojos, y las cejas, pestañas, patillas y bigote pintados con anilina común.

*Managua, julio de 2000*

# El Pibe Cabriola

*Para Alberto Fuguet, para Edmundo Paz Soldán*

*Hello, darkness, my old friend,*
*I've come to talk with you again...*
Simon and Garfunkel,
*The sounds of silence*

Ese juego de eliminatoria del Mundial iba empatado a un gol por bando ya para acabarse el segundo tiempo y la pelea seguía cerrada. La presión del onceno paraguayo se concentraba de acá de este lado, sobre el arco nacional, porque necesitaban su gol o perecían para siempre, mientras nosotros jugábamos a que no hubiera más goles porque era suficiente dejar así las cosas, con empatar nos asegurábamos el boleto para Francia, y ellos, adiós y olvido.

Sólo por un si acaso íbamos a buscar la entrada en la cancha paraguaya en los pies del Pibe Cabriola, que tenía instrucciones estrictas de nuestro entrenador, el Doctor Tabaré Pereda, de aguardar fuera del teatro de la pelea por un pase de fortuna. Entonces, si le llegaba la esférica, debía correr con ella por delante, solitario en la llanura, y perforar el arco enemigo, un segundo tanto de adorno que sería suyo como mío había sido el primero, porque yo había metido el único gol nuestro de la jornada, un tiro corto pero certero por encima de la cabeza de los defensas para ir a ensartarse en la pura esquina, un gol de aquellos que ponían de pie a la gente en las tribunas como si les calentaran de pronto con brasas vivas el culo.

Así, pues, seguía el juego, los paraguayos sin defensas, convertidos todos en delanteros, acosándonos, y todos los artilleros nuestros convertidos en defensas cerrando el cerco, una fortaleza de pies, y piernas, y torsos, y cabezas, salvo el Pibe Cabriola aguantando fuera del perímetro de los acontecimientos, según había decidido, ya les dije, el Doctor Tabaré Pereda, el entrenador contratado en Uruguay. Lo decidió en el descanso del medio tiempo y nos repitió sus instrucciones tantas veces como si hiciera cuenta de que éramos sordos, o caídos del catre, para que se nos grabara bien, nos advirtió, no quería malentendidos que condujeran a errores fatales porque íbamos a jugarnos el destino, la vida, y el honor. Doctor le decían los aficionados, no porque fuera médico sino por sus sabias estrategias.

Se quedaban con su único gol y nosotros con el nuestro, y ya estaba, el puntaje acumulado en la ronda eliminatoria nos favorecía. De eso estaba más que claro el entrenador de la selección paraguaya, un yugoslavo pedante llamado Bosko Boros, que no en balde se salía a cada rato hasta la raya, vestido como para el día de su boda, de traje blanco y corbata plateada, una flor en el ojal, anteojos de sol azules, los zapatos pulidos igual que la calva, para animar a gritos a su tropa con ansias de meterla en tropel dentro de nuestra portería, pero allí estaba alerta el Inti Suárez Ledesma para rechazar a corazón partido los tiros que lograran colarse a través de la muralla.

Pedantísimo el yugoslavo y peor que caía en las tribunas porque nosotros pateábamos en cancha propia, el gran estadio Mariscal Bartolomé Uchugaray de la ciudad capital lleno hasta el copete, y cada vez que se le ocurría salir al campo en uno de sus impulsos desesperados, la silbatina le reventaba los oídos. Era por nosotros, los de casa, por supuesto, que aullaban de entusiasmo las manadas de hinchas, para nada abatidos por el desvelo tras hacer colas desde la medianoche, desplegaban sus banderas dando saltos como endemoniados, las caras pintarrajeadas con los colores patrios, y de ese entusiasmo recogíamos nosotros las energías cuando parecían faltarnos, sudando la pura sal porque agua en el cuerpo no nos quedaba, si chapoteábamos charcos de sudor en la grama.

Y faltando a lo más un minuto, cuando al fin parecía que el tiempo dejaba de ser eterno para dar paso al silbatazo final, el Inti Suárez Ledesma desvió un disparo mortal con los puños y la pelota rebotó por encima del palo. Corrieron los paraguayos a ponerla en la esquina porque a ellos el tiempo se les iba como la vida, patearon el corner y por mucho que salté no pude yo ensartar el cabezazo para mandarla lejos. Y entonces vi que aterrizaba a los pies del Pibe Cabriola.

El Pibe Cabriola nada tenía que estar haciendo allí, en la defensa, pero esa fue una sorpresa que no me tardó en la mente, estaba, ni modo, y ahora sólo tenía él que despejar la bola para enviarla a saque de banda y moría ya todo, adiós mis flores muertas, en lo que la traían de nuevo a la raya el árbitro pitaba, pero el Pibe Cabriola se giró mal, o fue que se resbaló, y entonces dio un taconazo, y con el taconazo la bola salió impulsada con golpe de efecto en sentido contrario, describió un arco hacia adentro muy cerca del palo derecho y atraída por una fuerza magnética rebotó mansa dentro de la red y se quedó solitaria, dócil, todo en cámara lenta según lo veían mis ojos, y ya no había ningún remedio, como en un sueño lerdo vi a uno de los paraguayos que iba a sacarla de la red, se arrodillaba a besarla como si fuera alguna cabecita rubia, se la quitaba otro y salía corriendo por el centro del campo, la bola alzada sobre su cabeza como si repartiera bendiciones con ella, y ahora todo el equipo iba detrás del premio mayor, una lotería, lo alcanzaron, lo derribaron, y le fueron cayendo encima como si se acomodaran dentro de una lata de sardinas, toda una locura sólo entre ellos porque las tribunas se habían quedado silenciosas, un silencio de cementerio abandonado del que se han llevado hasta las cruces.

El Pibe Cabriola le decían por dos razones: Pibe porque en temporadas regulares jugaba para el Boca de Buenos Aires, y Cabriola porque su especialidad eran las chilenas, cabriolas que dibujaba en el aire, de espaldas a la cancha, para acertar en el arco con tiros infalibles, una verdadera catapulta humana.

Todavía no se daba cuenta de lo que había ocurrido y se acercó a mí, arañando el césped con paso rápido, sucio de tierra desde las cejas, la camiseta embebida, en busca de que yo le diera la respuesta; y cuando la encontró en mis ojos, en lo suyos lo que vi fue el terror, un terror ya sin nombre cuando todos los demás pasaron a su lado sin alzar a mirarlo, como si se hubiera convertido de pronto en un fantasma incómodo, y peor aún cuando el Doctor Tabaré Pereda, que tenía un carácter como la miel, lo rehuyó en el túnel de los vestidores, pero no por desprecio, estoy seguro, sino por la mucha pena que sentía por él, pena por uno de sus dos artilleros estrellas de la selección nacional. El otro era yo.

Un error lo comete cualquiera, podía uno decirse, o decírselo al propio Pibe Cabriola en aquel momento en que necesitaba una palabra de consuelo. Pero era un error frente a la nación entera, frente al Presidente de la República y todo su gabinete de gobierno en el palco presidencial, frente a las tribunas repletas. Y allí en las tribunas el estupor no se había roto. La gente se negaba a irse y no cesaba su murmullo, como la lluvia que suena lejos en un cielo negro pero todavía no se ve caer. Sólo el Presidente de la República abandonó el palco en medio del revuelo de ministros y edecanes, abochornado seguramente, si al comienzo del juego se había quitado el terno para meterse la camiseta de la selección. Y aún duraba el estupor cuando ya al anochecer salimos de los vestidores en fila india para abordar el pullman que nos llevaría al Hotel NH Savoy donde estábamos reconcentrados. Detrás de las barreras de la policía antimotines se divisaba a la gente con sus camisetas, sus banderas, todavía incrédula. Los policías tampoco dejaban acercarse a los periodistas, que lanzaban las preguntas a gritos bajo el brillo lejano de los focos de las cámaras de televisión.

El Doctor Tabaré Pereda se adelantó muy valientemente hacia los focos y pidió calma porque todas las preguntas se las hacían al mismo tiempo. Pero no pudo articular palabra. Se cubrió el rostro con las manos, inclinó la cabeza y lloró en silencio. Esa foto le dio vuelta al país y quizás al mundo. La vergüenza deportiva de un extranjero noble que lloraba por nuestra selección nacional eliminada gracias al gol de una de sus propias luminarias.

Lo peor de todo fue la pregunta de Ruy "El Dandy" Balmaceda, el rey de las transmisiones deportivas en Televictoria Canal 7. "¿Y el traidor, qué se hizo?", preguntó, blandiendo el micrófono como si fuera una pistola cargada. Para la afición nacional, "El Dandy" Balmaceda es la autoridad suprema y su palabra, ley. Narra los juegos como si fuera un diputado arengando a las galerías en el Soberano Congreso Nacional, y viste siempre de terno de alpaca y camisas de cuello almidonado, con corbatas Armani que nunca repite, que si no fuera por los gruesos auriculares forrados en cuero, nadie lo creería comentarista deportivo sino magnate de la banca nacional.

No hubo quien respondiera a esa pregunta porque el Doctor Tabaré Pereda ya lloraba y nosotros aguardábamos de lejos, pegados al costado del pullman como frente a un pelotón de fusilamiento. Fue una foto que también salió en los diarios y en las revistas; y fue la revista *Media Cancha* la que la puso en su portada con un titular grosero: ACOJONADOS. Y quien mejor podía responder, el propio Pibe Cabriola, ya no estaba; había sido sacado por el portón de las tribunas, escondido en una ambulancia, según el consejo del inspector Santiesteban Valdés, el encargado de la seguridad del seleccionado: "No quiero ninguna otra desgracia, mi'jo, la gente está serena, pero se puede poner exaltada", le dijo. "Así que te irás en la ambulancia y dormirás en el cuartel, con mis muchachos, allí te llevarán tu cena del hotel. Te pueden leer el menú por teléfono."

Fue una medida de gran prudencia, porque los primeros exaltados empezaban a ser los mismos jugadores de la selección; entre dientes lo acusaban de manera amarga, sobre todo el propio portero, el Inti Suárez Ledesma, que se sentía el más agraviado. Lo peor eran las sospechas entre nosotros mismos, que Ruy "El Dandy" Balmaceda se iba a encargar luego de difundir a todo el país. Traidor. ¿Qué estaba haciendo el Pibe Cabriola en el área de la defensa, si el Doctor Tabaré Pereda le tenía un papel claramente asignado? Así me lo repitió muchas veces por teléfono en los días siguientes el Inti Suárez Ledesma: sí, dímelo a mí, ¿qué estaba haciendo?

Al amanecer, el estupor dio paso a un crudo sentimiento de desgracia nacional. Las banderas ondeaban a media asta en los cuarteles, en los colegios, en las estaciones de bomberos; hubo mujeres de luto en las paradas de autobuses, cajeros de banco que aparecieron tras las rejas de las ventanillas con escarapelas negras en el brazo. Hubo emisoras de radio que pusieron al aire marchas fúnebres.

El Pibe Cabriola y yo nacimos en la ciudad de Turimani, al pie de la cordillera. Crecimos juntos en el mismo barrio del Santo Nombre, que llegaba hasta la calle Beato Prudencio Larraín, una calle con una alameda de acacias al centro y un malecón de cemento bordeando el río Lotoyo. Esa calle fue siempre de gente pudiente, con sus chalets de dos pisos y sus jardines frontales, y marcaba la frontera con Santo Nombre.

Pero cuando se instaló en Santo Nombre el mercado de abastos, el ruido de los motores de los camiones retrocediendo para descargar en las bodegas, los golpes de martillo en las vulcanizadoras, los pregones de los vendedores callejeros en el mediodía, las sinfonolas de las cantinas a todo volumen en las noches, las pendencias de borrachos y los mugidos de las reses que degollaban en el rastro al amanecer, fueron motivo para que los dueños de los chalets empezaran a abandonarlos.

A las pozas del Lotoyo íbamos a bañarnos, además, en pandilla, y así tenían otro motivo de ruido con las algarabías que formábamos; pero ahora el río se secó y en sus trechos más desolados se ha convertido en un botadero de basura. Demolidos los viejos chalets, en los baldíos levantaron un hipermercado de la cadena Gigante y el centro multicompras Metropol; y los que sobreviven han sido transformados en tiendas, boites, heladerías y boutiques; pero de allí para adentro, con la cordillera al fondo, el barrio del Santo Nombre, donde los dos pateamos las primeras pelotas, sigue igual.

Juntos fuimos contratados para el equipo de primera división de Turimani, imberbes todavía. Luego, cuando nos llegó la fama, él jugando en el Boca Juniors de Buenos Aires y yo en el Colo Colo de Santiago, hubo en Turimani la escuela Pibe Cabriola y la clínica Cabro Aldana, que ése es mi nombre de guerra, fotos de nosotros dos en las puertas de las chabolas más humildes, decorando los boliches, los salones de billar, los bares y hasta los prostíbulos de todas las categorías. Nos querían por igual en Turimani, nos mimaban. Fuimos primero el orgullo local antes de llegar a ser el orgullo nacional, los dos volando sobre el césped verde con la cordillera nevada al fondo bajo un cielo azul brillante en el panorámico de Gatorade que se elevaba mucho más grande que los demás entre el enjambre de vallas publicitarias en todas las encrucijadas del país *—energía pura—*, el Pibe Cabriola la cabellera azabache al aire, la mía cogida en una cola por detrás *—Gatorade de corazón con la selección.*

Ahora faltaba saber qué había decidido el Pibe Cabriola. Si se vendría conmigo a Turimani, porque al quedar desarticulado el seleccionado nos sobraba tiempo que gastar con las familias; si regresaría a Buenos Aires, aunque todavía faltaba un mes para que empezaran los entrenamientos; o es que iría a esconderse en cualquier otra parte. Pero metido en el cuartel, como un prisionero, no se podía quedar, era locura. Mi consejo sano iba a ser que se decidiera por el viaje a Turimani, pero que se encerrara en casa de sus viejos por un buen tiempo hasta que la pifia empezara a ser olvidada.

Lo llamé por teléfono pero no me lo quisieron poner, y entonces cogí un taxi y fui a buscarlo. Lo tenían recluido en una covacha y dos policías vestidos de paisano lo custodiaban desde fuera. Me recibió con alivio, como si hubiera sido un condenado a cadena perpetua y yo llevara en la mano su orden de libertad. Claro que sí, estaba muy de acuerdo en que nos fuéramos a pasar esas semanas a la querencia, de acuerdo en que se mantendría a buen recaudo, aunque no entendía el porqué de la precaución.

Aquel terror mortal se le había evaporado. Todo era puro ruido, puro aire, me dijo. Que pusieran en un platillo de la balanza sus hazañas, sus cabezazos de oro, sus cabriolas, su marca de goles con el seleccionado; todo pesaría más que una sola cagada en el otro platillo, la única cagada de toda su carrera deportiva. Hablaba inspirado, como si tuviera enfrente el micrófono de la Cabalgata Futbolística, el programa estelar de la Radio Regimiento; toda la mañana se había quedado esperando la llamada para explicarse delante de los aficionados, sería que en la radio no conocían su paradero.

Lo que él no sabía, porque no había receptor de radio en esa covacha, es que los comentaristas de la Cabalgata Futbolística se habían pasado llamándolo a su gusto el traidor, en imitación de "El Dandy" Balmaceda. Y cuando llegaron a los quioscos los periódicos paraguayos esa tarde, en nada iba a ayudar la portada del *ABC Color* de Asunción cubierta enteramente por un titular en letras rojas que decía ¡GRACIAS, PIBE!, y que los noticieros vespertinos de televisión enseñaron en primer plano.

El chofer que nos llevaba al aeropuerto, un cholo cuadrado de cara picada de acné, enfundado en una chaqueta de aviador de la segunda guerra mundial, lo miraba de reojo por el retrovisor, con una risita malévola que no se le apeó nunca; y cuando llegamos al aeropuerto me preguntó cuál era mi maleta y la sacó del baúl; pero por la maleta de él no movió un dedo.

Lo más duro fue al llegar a Turimani. Imagínense lo que hubiera sido aquel aeropuerto de haber ganado nosotros la eliminatoria, carajo, y en cambio ir ahora al lado de un héroe de otros tiempos al que no había ni quien le cargara su valija, y detrás del vidrio de la sala de equipajes sólo las caras tristes de sus viejos queriendo fingirse alegres, sus hermanas de anteojos oscuros como si llegaran a recibir un muerto, los sobrinos inocentes correteando por los pasillos, y de repente va la mamá y de su bolsa de hacer las compras saca una cartulina y la arrima contra el vidrio, en la cartulina la foto del Pibe Cabriola y arriba unas letras dibujadas por ella con lápices de colores, había que acercarse para poder leerlas, TURIMANI TE QUIERE. Turimani te quiere, mis cojones. Y mis propios viejos en el otro extremo, haciéndose los desentendidos, mi vieja sudando la vergüenza ajena.

Cuando ya habíamos recogido las maletas del carrusel y pasábamos por la puerta automática, sonó en el sistema de altoparlantes de la terminal la misma marcha fúnebre que estaban poniendo todo el día en las emisoras de radio, *El dolor de la patria*, que según los libros de historia había sido compuesta para los funerales del Mariscal Bartolomé Uchugaray. Y pendejo se quedó, como que no fuera con él, la mamá aplaudiéndolo para desafiar a los altoparlantes, y haciendo que las hijas y que sus nietos también lo aplaudieran.

Durante esos días en Turimani, al principio iba a visitarlo. Pero me llamó mi agente desde Santiago para recomendarme prudencia, no me convenía por mi cartel que me vieran más en esa casa, ya se había filtrado en *La Tercera*, cuidado nos fotografiaban juntos, los dueños del Colo Colo andaban inquietos: y decidí, por mi bien, hacer caso. Me llamaba por teléfono y yo nunca estaba.

Detrás de aquellas paredes tenía todas las comodidades, antena parabólica, piscina calefaccionada, y en el fondo de la propiedad una huerta frutal con el pico del Nevada de Natividades, el mismo que aparece en el óvalo de la etiqueta de la cerveza Hochmeier, tan cercano a la vista como si estuviera dentro de la huerta. Les había construido aquella casa linda a sus padres, y hasta un taller de carpintería en un rincón de la huerta le mandó levantar al viejo para que se entretuviera haciendo y deshaciendo muebles con herramientas que nunca tuvo durante su vida de carpintero de ataúdes.

Me fingí enfermo con influenza asiática para justificar mis ausencias. Pero yo llamaba a sus hermanas, que le tenían una adoración rayana en el delirio, y ellas me informaban de su situación. Luce tranquilo, me decían. Parecía que el encierro no lo afectaba mucho, salvo el aburrimiento, lógico; pateaba la pelota en la huerta con sus sobrinos, le daba una mano al viejo con la lijadora eléctrica y después de la cena se pasaba moviendo la parabólica con el comando manual para pescar toda clase de programas de televisión hasta la madrugada, tumbado en una poltrona de cuero que le había regalado la fábrica "Tu Piel" de los hermanos Covarrubias, admiradores nuestros; una poltrona para él, otra para mí.

Fueron sus hermanas quienes me dieron la mala noticia de que había empezado a beber, ellas creían que por lo mismo del aburrimiento. Bebía durante esas largas sesiones frente a la pantalla de televisión, después de que todo el mundo se había ido a acostar; primero cervezas Hochmeier de lata, el reguero de latas vacías amanecía al pie de la poltrona; pero después pisco y whisky Wild Turkey. Y ya era peor, porque escondía las botellas en su cuarto y cuando las vaciaba las tiraba en secreto al tacho de la basura.

Pasó su cumpleaños, y por sus hermanas supe que tuvieron fiesta familiar, con pastel y velitas y todo. Cumplía veintidós, uno menos que yo; llegaron tíos y primos y algunos otros parientes que no podían decir que no, si había sido tan generoso con ellos, préstamos del rey para ampliar sus viviendas, para sacarlos de deudas, deudas hasta de juego, becas para que sus hijos salieran de la escuela pública y fueran al Colegio de los Hermanos Maristas los cabritos y al colegio de las Oblatas del Sagrado Corazón las cabras.

Mi cumpleaños lindaba con el suyo. El mío decidí celebrarlo en el *Gun and Roses*, un night-club que acababan de inaugurar en la calle del Beato Prudencio Larraín, todo forrado de vinilo negro y artesonado de aluminio, la pista de baile de planchas de acrílico transparente y la iluminación láser. Al lado está el centro multicompras Metropol con los cines Multiplex y el Pizza Hut, y el McDonalds, de modo que ese sector se llena de juvencios que desbordan el muro del viejo malecón y los bordillos de la vereda de las acacias, por lo que muchos se sientan a plena calle, y así en multitud se quedan bebiendo cervezas y fumando porros hasta más allá de la medianoche, con la música estéreo de los autos y de los camperos a todo volumen.

Y detrás, Santo Nombre. La misma oscuridad a medias, los mismos almacenes de tejas de calamina herrumbradas, las ferreterías, carpinterías y talleres automotrices, los restaurantes chinos calamitosos, las galerías interiores donde viven empleados públicos de baja laya, prostitutas, chulos. camioneros, policías rasos, cordeleros que trabajan en el mercado de abastos. Lo único desaparecido es el degolladero de las reses, que fue clausurado y desde entonces la carne la llevan congelada a los expendios, en cajas de cartón. De una de esas galerías que huelen a fritos y a letrinas, a ropa húmeda, es que el Pibe Cabriola y yo salimos un día al sol de la gloria.

Esa noche de mi cumpleaños invité personalmente a mi pandilla íntima, uno a uno, por teléfono, para que nadie indeseable se me colara, les di cita en la casa de mis viejos media hora antes, la casa que les mandé hacer en Colinas de Agramonte, y ya todos juntos nos fuimos en caravana, yo a la cabeza al volante del Renegado descubierto donde acomodé a cinco más. Ya la Beato Prudencio Larraín estaba nutrida a esa hora y los juvencios se levantaban al reconocerme para darme paso, entre gritos de sorpresa se desbocaban a besarme en la boca las juvencias como forma de felicitarme, sabían de mi cumpleaños porque había salido en los diarios y me habían dado serenata en los programas deportivos.

Eran las diez cuando entramos al *Gun and Roses*, colmado hasta no poder dar nadie un paso. Y ya nos llevaba la camarera disfrazada de Madonna a la mesa reservada en uno de los mezanines cuando lo descubrí en la barra, solitario en una banqueta, de espaldas a la pista de baile, la larga cabellera azabache suelta sobre los hombros. Era de notar, porque las bandadas que iban y venían le pasaban de lejos, como olas encabritadas que se congelaban en el aire por no tocarlo.

A pesar de todo era mi cumpleaños, y yo no estaba esa noche para prohibiciones. Les dije a los de la pandilla que siguieran a la Madonna y fueran a sentarse, y me le acerqué. Seguramente me descubrió reflejado en el espejo del bar porque se volteó hacia mí sonriente, con cara bobalicona, el vaso cargado de whisky rozándole los labios. Se bajó de la banqueta y me abrazó, enzarzándose en esos discursos a media lengua de los borrachos. Me reprochó que lo hubiera abandonado, aunque me daba al mismo tiempo la razón, no me convenía que me vieran con un apestado como él, y yo le protesté, estás loco, huevón, mientras él mantenía sus brazos en mi cuello. No se me olvida que sonaba una viejita de Simon y Garfunkel, *The sounds of silence*.

Alcé la voz tratando de hacerme oír por encima de la música y le pregunté hasta tres veces si es que andaba solo, al tiempo que buscaba alrededor para ver si descubría a algún acompañante; pero en mi exploración lo que encontré fueron rostros ajenos que lo vigilaban de lejos, a mansalva, con cautela agresiva, miradas que me apartaban a mí como si yo fuera un estorbo en aquel espacio vacío donde sólo podía estar él, íngrimo, despojado de toda compañía, y al fin me dijo, con sonrisa amarga, babeada, que no andaba con nadie, quién querría andar con él. Se había escapado, y se rió de manera idiota, se había escapado de la vigilancia de los viejos, se había salido por el muro trasero de la huerta, los viejos que a estas horas estarían alarmados, viendo cómo averiguar, dijo, sus hermanas lanzadas a la calle, buscándolo. Porque estaban de por medio las llamadas.

¿Llamadas? Las llamadas de amenaza, ahora me amenazan de muerte, el teléfono ha repicado hoy toda la tarde, se encogió de hombros. Y de pronto me agarró por las orejas y yo lo agarré por las orejas y nos quedamos mirando muy de cerca, como hacíamos en plena cancha cuando uno de los dos había metido un gol, te invito a un trago, por tu cumpleaños, me dijo, a pesar de que no quisiste venir al mío, y abatió la cabeza sobre mi hombro, y sentí que la baba de su boca y sus lágrimas me mojaban la playera.

Cómo va a ser eso, le dije y busqué sonreírle. Pues eso, hermanito, que me van a matar. ¿Por el gol aquel?, le pregunté, queriendo ponérsela lejana. ¿Pues te parece poco? Me están queriendo matar desde que ocurrió, y yo volví a sonreír, pendejo que eres, le solté las orejas, y fue como si soltara una cabeza sin vida. Pendejo que eres, maricón de mierda. Tomemos un trago, a tu salud y la mía. Y le pedí al barman dos whiskies.

El barman colocó con golpes secos los vasos sobre la plancha, acercó la botella de Wild Turkey, virtió dos medidas en cada vaso y se agachó para sacar el hielo con la paletilla. Fue a la caja, marcó en el teclado y rompió en pedacitos la nota, que tiró a una papelera invisible bajo el mostrador. Supuse que se había equivocado y que imprimiría otra vez la nota, y entonces le dije que yo pagaría por todo, por esta ronda y por lo que se había bebido antes el Pibe Cabriola, que me diera a mí la cuenta, y le extendí mi tarjeta de crédito.

Él me hizo un breve gesto de que no y pasó su mirada sobre el Pibe Cabriola, que sentado otra vez en la banqueta había doblado la cabeza sobre la plancha. Cortesía de la casa, me dijo con gravedad y no sin cierta misericordia. Todo lo que él se ha bebido esta noche, desde que entró aquí, y lo señaló con un gesto de los labios, es cortesía de la casa. Y desapareció de mi vista, ahora azorado, para atender a otros clientes.

Ya vengo, le dije al Pibe Cabriola, que farfullaba palabras que no entendí, o ahora sé que entendí: todo el trago que yo quiera es gratis porque ya ves, mi hermano, me van a matar. Ya vengo, voy a avisarle a los muchachos que estoy aquí contigo, le dije, pero más bien iba a advertirles que debía ausentarme por un rato. Tenía que sacarlo de allí, llevarlo a su casa, entregárselo a sus viejos.

Cuando volví al bar, ya no estaba en la banqueta. Me costó trabajo abrirme paso porque ahora el gentío se había cerrado sobre el espacio congelado antes a su alrededor, como si el hueco jamás hubiera existido, como si el Pibe Cabriola bebiendo solitario jamás hubiera existido. Quise preguntarle al barman, pero trajinaba en el otro extremo de la barra y de alguna manera sentí que no me quería dar la cara.

Cuando la puerta forrada de vinilo negro se cerró tras de mí, los ruidos del *Gun and Roses* quedaron atrapados dentro y me encontré con los de la calle bulliciosa, los parlantes de los vehículos atronando en la noche sin estrellas y el eco profundo de los instrumentos de percusión como latigazos sobre el rumor de conversaciones dispersas, gritos y risas, y el humo de los cigarrillos como una niebla que subía del río ya seco. Lo busqué al Pibe Cabriola entre tantos rostros despreocupados hasta donde alcanzó mi vista, pero de alguna manera sabía que la Beato Prudencio Larraín no había sido su rumbo, sino los callejones perdidos del Santo Nombre donde habíamos pateado por primera vez una pelota de trapo.

Giré hacia la oscuridad de un callejón de bodegas cerradas con cadenas, en lo alto la silueta de un tanque de agua sobre una torre de fierro, las láminas de calamina que sonaban desclavadas en los techos como un batir de alas de animales viejos, los almacenes enrejados como crujías, y el tufo a basura de los tachos volcados que revolvían los perros y venía de lo profundo como de un túnel que se bifurcaba y se repartía en otros callejones que eran como otros túneles.

Oí entonces pasos que se alejaban a la carrera en distintas direcciones y lo descubrí tirado en la acera bajo las luces de neón mortecino de una farmacia cerrada, y corrí, hubiera querido creer que se había desplomado borracho, me arrodillé a su lado y palpé la sangre en su rostro y en su camisa, la cabellera azabache se la habían quitado a tijeretazos o con navaja, abriéndole surcos y heridas, un corte en una oreja y un tajo profundo en el estómago donde la sangre se aposentaba y se hacía más negra, los ojos de vidrio y la boca abierta en una sonrisa para siempre inocente.

*Managua, enero-diciembre de 1999*

# La partida de caza

*A Dieter*

El pintor Dieter Masuhr nos lleva a mi mujer y a mí a su estudio en Falkensee, en las afueras de Berlín, a fin de mostrarnos el retrato para el que posamos en nuestra visita anterior el otoño del año pasado. En el camino, cuando me pregunta sobre lo último que he escrito, le hablo del cuento que Radio Nederland me pidió para una colección de doce relatos de autores latinoamericanos, grabados de propia voz; he utilizado, le digo, un hecho ocurrido hace algunos años en Sudamérica, cuando un futbolista fue asesinado a la salida de un club nocturno porque le había metido al equipo de su país un autogol en un partido decisivo de eliminatoria del mundial.

Todavía no he terminado de contarle mi historia cuando llegamos por fin a un tranquilo suburbio de modestos chalets con jardines delanteros, parte de lo que antes fue el sector oriental de la ciudad, al otro lado del muro que ya no existe. El estudio está instalado en un viejo taller de carpintería, muy espacioso, en una pequeña calle de grava que se llama Daimlerstrasse.

La luz del naciente verano entra por los grandes ventanales que Dieter hizo abrir cuando alquiló el taller, y baña el retrato colocado con anticipación en el caballete de pino. Aparecemos más viejos en la tela, claro está, y quizá más tristes, y yo más gordo, a diferencia del otro que nos hizo en 1975, antes de despedirnos de Berlín tras nuestra estadía de dos años. Dieter nos muestra también el retrato que le hizo a Kenzaburo Oé, el gran escritor japonés, ganador del Premio Nobel. "Ha retratado usted a mis antepasados", fue su comentario cuando lo vio en el caballete, una vez terminado.

Mientras Tulita toma fotos de nuestro retrato, yo termino mi historia sobre el futbolista sudamericano muerto a cuchilladas en un callejón oscuro del barrio donde había nacido.

Dieter reflexiona, muy serio, las manos en las rodillas. Él también ha envejecido. En su pelo abundan ahora las canas, y lo que queda de juvenil en su cara son sus ojos celestes.

—Se parece a la historia del futbolista Lutz Eigendorf, al que mató la Stasi porque se había fugado de Alemania Democrática para jugar en la Bundesliga —me dice por fin.

Todo mundo creyó entonces que se trataba de un desgraciado accidente de tráfico, pero la televisión alemana acaba de pasar un reportaje del periodista Heribert Schwan, que fue titulado "Muerte al traidor", donde queda claro que la conspiración para dar muerte al futbolista fue dirigida personalmente por el ministro del Interior y jefe máximo de la Stasi, el servicio secreto de Alemania Democrática, Erich Mielke, fallecido hace poco.

En 1979 el equipo Dynamo Berlín, en el que jugaba Eigendorf, había venido a disputar un partido de la Eurocopa a Kaiserslautern contra el equipo local. La noche del 21 de junio, burlando la estricta vigilancia de los agentes encubiertos de la Stasi que acompañaban a los futbolistas, Eigendorf desertó de la Krone Gasthaus, el hotel de tres estrellas donde se alojaban todos. Ocupaban en exclusiva el tercer piso, y en tanto el equipo permanecía en el hotel había siempre una guardia de agentes al lado del ascensor y de la puerta de la escalera, situada al lado.

Pasaban lista a la hora de bajar a comer y debían sentarse todos juntos, en una larga mesa preparada al efecto. Esa noche, a la hora de la cena, Eigendorf se fingió con dolores de estómago, y tras una breve visita del médico del equipo, miembro también de la Stasi, que le dio a beber unos polvos digestivos, fue autorizado a permanecer en la habitación.

Las puertas de las habitaciones se comunicaban por dentro y la suya era vecina a la de Malko Richter, el portero del equipo; una hora antes, con el pretexto de devolverle un libro sobre artes marciales, había ido a verlo y se las ingenió para quitar el pasador del otro lado. Esa habitación era la última del pasillo, vecina al cuarto del servicio donde se guardaba la ropa de cama limpia y las toallas. Cuando el médico se había ido y el pasillo quedó en silencio, Eigendorf se cruzó a la habitación del portero, y desde allí, aprovechando un descuido de los vigilantes que se entretenían en una plática soñolienta, atravesó el pasillo y se metió en el cuarto de servicio.

Una camarera, de nombre Ute Gross, ya sabía lo que debía hacer cuando tomara el turno de las ocho de la noche. Encontraría a Eigendorf escondido al lado de un armario donde se guardaban las toallas, lo metería dentro de la bolsa de lona del carro de la ropa sucia que llevaría hasta allí, y lo cubriría con toallas supuestamente usadas, que iba a tomar del armario, y así escondido lo sacaría del piso por el ascensor de los huéspedes, ya que el hotel no tenía ascensor de servicio.

La operación de sacar ropa sucia era desusada a esas horas en que el oficio de las camareras consistía únicamente en tender las camas; pero tal como lo habían convenido los dos en las furtivas conversaciones sostenidas a retazos durante los tres días anteriores mientras ella arreglaba la habitación, iba a ayudarlo, jugándose los riesgos. Al fin y al cabo, era poco lo que los agentes de la Stasi podrían hacer contra ella en territorio ajeno.

Fue así que a la hora convenida Ute apareció en el pasillo arrastrando el carro que llevó hasta el cuarto de servicio y volvió con él para detenerse frente al ascensor, con la bolsa de lona llena hasta el tope de toallas revueltas. Pulsó el botón ante la mirada indiferente de los agentes, que seguían conversando entre bostezos, y les sonrió sin hablarles. Llegó el ascensor, y cuando ella empujó el carro hacia adentro, las ruedas se trabaron, por lo que uno de los agentes la ayudó. Entonces bajó hasta el sótano con su carga.

Este agente, llamado Lorenz Faust, recibió doble castigo cuando de regreso en Berlín Oriental se abrió una investigación sobre el caso, y él mencionó en su declaración que había ayudado a empujar el carro de las toallas sucias sin saber que dentro iba escondido el traidor. Ya Ute había aparecido en la primera plana del *Bild*, muy sonriente, contando toda la historia. Declaró que Eigendorf le había simpatizado desde el principio; después, llegarían a establecer una relación amorosa. El médico y el jefe del grupo de vigilancia de la Stasi, encubierto como masajista, fueron degradados y condenados a trabajos forzosos. El portero Richter fue dado de baja del equipo tras ser sometido a intensos interrogatorios, y no fue a la cárcel porque su padre era en Berlín secretario político del PSUA en el distrito de Pankow.

Erich Mielke ostentaba el título de presidente del Dynamo Berlín. Las dos pasiones de su vida eran la caza y el futbol, además del espionaje, por supuesto. Vigilaba estrechamente a sus jugadores en las giras al exterior, y consciente de los lujos que tendrían al otro lado si decidían escaparse, había inventado un sistema mediante el que premiaba sus hazañas con estímulos materiales, algo con lo que el ala ortodoxa del PSUA no estaba de acuerdo. Pero eran asuntos que él no permitía que nadie llevara a las reuniones del Buró Político, del que era uno de los miembros más poderosos. Estos estímulos iban desde pisos amueblados, vacaciones en chalets en la montaña y en la playa, y autos occidentales cuando se trataba de hazañas mayores; y canastas de víveres, televisores a colores y bicicletas deportivas para las hazañas menores.

Así que tomó personalmente en sus manos el caso del desertor, que sentía como una traición no sólo a la RDA y al partido, sino a él mismo. Eigendorf era la estrella de máximo esplendor en el Dynamo Berlín. Los cronistas deportivos del lado occidental lo llamaban "El Beckenbauer Rojo" y Mielke se había esmerado en cortejarlo como a ningún otro, ofreciéndole premios por encima de la cota normal: entregarle un Lancia, por ejemplo, o invitarlo a una recepción ofrecida por Erich Honecker con motivo de una visita oficial de Leonid Brezhnev en 1978. Esa vez, Eigendorf apareció fotografiado entre los dos líderes sonrientes, que le ofrecían la mano al mismo tiempo. En consecuencia, Mielke organizó la persecución con obstinada constancia, como si se tratara de una partida de caza en su coto preferido de Fürstenwalde, en las cercanías de Berlín.

Eigendorf tenía 26 años en el momento de su muerte. Pasadas las once de la noche del sábado 5 de marzo de 1983, su automóvil Alfa Romeo fue a estrellarse contra un árbol en las cercanías de la ciudad de Braunschweig, donde jugaba con el equipo local, después que otro vehículo situado en un talud al borde de la carretera encendió de repente sus faros, puestos en alto, y lo deslumbró, según el testimonio del mecánico de un taller vecino, que trabajaba a deshoras en la reparación de un tractor. El conductor del otro automóvil nunca apareció. Ahora se sabe que aquel automóvil era un Mercedes comprado de segunda mano en Hannover y conducido por un hombre que ingresó desde Dinamarca, con un pasaporte alemán occidental expedido a nombre de Peter Lindemann. Otro agente, al volante de un Ford Taunus de alquiler, que seguía a Eigendorf, utilizó un walkie-talkie para dar el aviso de que el futbolista se aproximaba al punto cero.

Esa tarde Eigendorf había asistido al partido que su equipo jugaba contra el Bochum, pero se quedó en la banca por disposición del entrenador, que no lo veía en forma. Tras el encuentro, se juntó con algunos seguidores y bebió unas cuantas cervezas. A las nueve de la noche pasó por la casa de su profesor de vuelo, Helmut Vogel, con quien al día siguiente tenía previsto volar hasta la isla de Helgoland en el mar del Norte, según la ruta de ida y regreso que marcaron en el mapa. Eigendorf tomaría el mando de la avioneta Cessna monomotor, pintada de blanco y azul, que recientemente había comprado. Le faltaban cien horas de vuelo para obtener su licencia. Bebieron algunas cervezas —hay que decir que Eigendorf estaba tomando demasiadas cervezas, más de las que debería un centro delantero o un piloto en busca de su licencia— y no tardaron en despedirse porque debían estar en la pista a las siete de la mañana, la hora a partir de la cual el reporte meteorológico anunciaba cielos despejados. Entonces, Eigendorf subió a su Alfa Romeo, y a los pocos minutos ya se había estrellado.

La policía calcula que corría a 120 kilómetros por hora, una velocidad habitual en él aun en los tramos cortos, como era ir de la casa de su profesor de vuelo a la suya, distante apenas doce kilómetros; y ese hábito de alta velocidad había sido tomado en cuenta por el conductor del Mercedes que lo esperaba con toda paciencia en lo alto del terraplén al final de la curva para deslumbrarlo con los focos, sabiendo que no le sería posible recuperar el control al frenar imprevistamente. El Alfa Romeo dio tres vueltas de campana antes de romper la cerca de contención y chocar contra el árbol.

En julio de 1982 el Kaiserslautern traspasó a Eigendorf por la suma de un millón de marcos al Eintracht Braunschweig, donde cobraría dos millones de marcos anuales. Ute la camarera lo siguió a Braunschweig. Pero la mala suerte se cebó en él. Cayó lesionado en los primeros entrenamientos y tuvo que ser operado de la rodilla izquierda. Fue cuando comenzó a beber más de la cuenta, cervezas y coñac; y por las cartas que escribía a su madre, interceptadas por la

Stasi y debidamente fotocopiadas, nos damos cuenta de que estaba muy lejos de considerarse un hombre feliz pese a la fama, al dinero y a su nuevo amor.

Tampoco sus años en Kaiserslautern habían sido demasiado felices. Debutó con éxito y solía acaparar las portadas de las revistas. Era la estrella fugada del comunismo. Pero cuando pese a todo el dinero gastado se encontró con repetidos fracasos en sus planes de lograr la fuga de su primera mujer, Gabriele, y de su hijita, Sandy, que habían quedado en Berlín Oriental, se vio muy afectado emocionalmente y empezó a aflojar en el terreno, aun en los tiros de penalties en los que siempre había sido un as. Ignoraba que Mielke en persona se empeñaba en frustrar aquellos planes, y que a sus manos iba a dar el dinero entregado a los supuestos intermediarios comprometidos en sacar a la mujer y a la niña a través de la frontera con pasaportes falsos.

Además, Eigendorf no tardó en caer bajo la seducción por los autos de lujo, que Mielke le había inoculado, y adquirió la manía de cambiarlos constantemente, para deleite de los agentes vendedores. Su otra afición eran los aviones deportivos. Estaba también la tendencia a la bebida, y así fue comprometiendo cada vez más sus obligaciones como jugador profesional. El entrenador del Kaiserslautern, uno de los más duros de la Bundesliga, Karl-Heinz Feldkamp, llegó a sancionarlo cuando dejó de asistir con regularidad a los entrenamientos o se presentaba tarde, con señales de la larga juerga de la noche anterior en el rostro desvelado. Cuando fue vendido al Eintracht Braunschweig, el Kaiserslautern aparentó resistirse a la negociación, pero se estaba quitando más bien un peso de encima.

Además de Gabriele y Sandy, en Berlín Oriental habían quedado su padre Jörg, profesor de educación física, y su madre Ingeborg, que trabajaba en un jardín de infantes. La Stasi estrechó el cerco sobre todos ellos, aunque la verdad es que Eigendorf no tenía mucho interés en rescatar a sus padres, que de todos modos no estaban dispuestos a correr ninguna aventura, como se sabe por las cartas de Ingeborg a su hijo, interceptadas también por la Stasi.

En cuanto a Gabriele, un agente encubierto llamado Lothar Homann —uno de los "Romeos" de la división E— recibió el encargo personal de Mielke de seducirla. Homann era un presentador de la televisión, célebre por bien parecido, y cumplió a cabalidad su tarea. Gabriele trabajaba en un modesto puesto como catalogadora en la biblioteca de la Universidad Humboldt, y Homann empezó a visitar la biblioteca fingiéndose interesado en temas de Centroamérica para un reportaje que debía conducir sobre la revolución sandinista en Nicaragua. Gabriele recibió instrucciones de atenderlo, a pesar de que no estaba dentro de sus funciones; empezaron a salir juntos, y mientras tanto él le enviaba costosos regalos, incluido un abrigo de piel para su cumpleaños, perfumes franceses, un refrigerador, todo salido de la mano milagrosa de Mielke. Se hizo su amante, consiguió que se divorciara y se casó con ella.

Los "Romeos" era instruidos en algunos casos a casarse con sus "objetivos", aunque las actas matrimoniales se hacían desaparecer después. En este caso, Homann se había enamorado realmente de Gabriele y pidió permiso para consumar un matrimonio real. Mielke no se opuso. No tenía nada contra Gabriele y su objetivo había sido cubierto con creces. Paso a paso siguió las reacciones de Eigendorf ante las noticias de los amoríos de su mujer, que él se encargó de que recibiera puntualmente, y no pocas veces escuchó una y otra vez en la soledad de su despacho las cintas con las conversaciones telefónicas en que, desesperado, el futbolista pedía noticias a su madre sobre aquel desastre imprevisto de su vida conyugal. Ya no se diga la borrachera desconsolada de días que siguió a la boda, y que los agentes de Mielke en Braunschweig le reportaron sin perder detalles. Era su caso personal y lo controlaba sin intermediarios.

Mielke era maestro en organizar trampas para sus víctimas y solía dibujar de previo en una hoja de papel satinado, usando una pluma fuente de punta gruesa que cargaba con fruición en el tintero, todos los pasos necesarios para emprender lo que él llamaba "sus partidas favoritas de caza". Un sacerdote católico de Magdeburg fue la pieza a cobrar en una de esas partidas. Los informes lo señalaban como un agitador que aprovechaba sus sermones para denigrar al socialismo de manera velada, y decidió cortarle las alas. Hizo trasladar desde Berlín a Magdeburg a una de sus agentes de la llamada división E (E por Erótica), que figuraba como corista de la Opera Cómica; la muchacha, de una belleza turbadora, se presentó al cura como separada recientemente de su marido, en busca de consuelo espiritual, y no tardó en hacerlo perder la cabeza. Establecieron una encendida relación clandestina, y una tarde en que se encontraban ambos en la casa donde se citaban, proveída por la propia Stasi, irrumpió el supuesto marido pistola en mano y puso al cura desnudo en la calle, donde era aguardado por un contingente de fotógrafos y camarógrafos. Mielke, escondido tras los vidrios polarizados de una supuesta camioneta de reparto, vigilaba la escena.

No le bastó, sin embargo, lograr que Gabriele abandonara a Eigendorf por otro. La cacería apenas había comenzado. Ya tenía a tres de sus agentes más fogueados en Kaiserslautern siguiendo cada uno de sus pasos. Según puede verse ahora en los archivos secretos, dedicó al caso docenas de oficiales de alto rango, colaboradores especiales y soplones. En los cuarteles de la Stasi en Berlín había toda una oficina, llamada "la cueva de Marco Bruto" —el nombre en clave que Eigendorf tenía en los expedientes—, donde se daba seguimiento constante al caso. Se han encontrado siete cajones marcados bajo este nombre, que contienen informes transcritos a máquina, carretes de cinta con conversaciones telefónicas grabadas, recortes de prensa, fotografías tomadas con teleobjetivo desde las graderías de los estadios, o desde algún punto en los bosques vecinos a alguna de las pistas de aviación que Eigendorf utilizaba; también hay fotos de los bares que frecuentaba, de las casas de sus amigas y de las amigas mismas, con sus respectivas fichas, así como videos con partidos del Kaiserslautern o del Eintracht Braunschweig, que Mielke veía enteros en el televisor de su despacho.

Según la declaración de su asistenta Erika Lühr, quien vive ahora retirada en Potsdam, cuando Eigendorf conseguía un gol, Mielke retrocedía la cinta innumerables veces; y cuando no lo conseguía, le costaba evitar su cara de disgusto. Una tarde, recuerda ella, la llevó frente al televisor, donde había dejado congelada la imagen que mostraba un primer plano de Eigendorf. Vestía la camiseta del Eintracht Braunschweig, con el emblema del aguardiente Jägermeister.

—Mire usted —le dijo —. En esa camiseta ni siquiera figura el nombre del equipo. Lo que tiene es la etiqueta de una bebida embriagante, nociva para la juventud.

—Es el capitalismo —comentó ella, con firmeza.

Él sacudió la cabeza, en inquieta señal de asentimiento.

Erika sabía que su jefe era un buen bebedor de whisky, sin excesos, aunque delante de sus subalternos se presentara como enemigo rotundo del alcohol. Sabía también que en Pankow, donde vivía, acostumbraba recibir a los visitantes extranjeros en un modesto apartamento que daba a la calle, al lado del garaje, y pretendía que aquella era toda su casa. Su mujer, Matilda, aparecía en escena durante estas visitas para preparar el café en la pequeña cocina visible desde la sala, y llevaba ella misma la cafetera, las tazas, el azúcar y las galletas, todo de una calidad común. Mielke y su esposa despedían al visitante en el porche, y luego abandonaban la tramoya por la puerta de atrás, a través de un sendero de grava entre los setos que los llevaba a su verdadera casa de dos plantas, donde se podía jugar al boliche y al billar, y había una piscina bajo techo, sauna, un gimnasio inútil porque Mielke no hacía ningún ejercicio, y un cine privado de veinte plazas en el que solía ver musicales norteamericanas. *Cantando bajo la lluvia* era su película preferida.

Para enero de 1983 Mielke había desechado ya varios de los planes diseñados por él mismo para dar caza a Eigendorf. Uno de ellos, el que más lo seducía, le pareció demasiado riesgoso a su equipo técnico. Consistía en implantar una dosis de explosivo plástico en el interior de una cámara de televisión que el supuesto camarógrafo, dotado de falsas credenciales, abandonaría al iniciarse una de las habituales conferencias de prensa en las que Eigendorf participaba al cierre de los partidos. El plan fue desechado porque en el caso de que se consiguiera matar a Eigendorf, la explosión arriesgaba la vida de otros jugadores, técnicos y periodistas; y al ser trazado hasta sus orígenes por las autoridades policiales de Alemania Occidental, se volvería un asunto que podría costarle la cabeza. Según puede desprenderse de la lectura de los documentos sobre el caso, Mielke nunca había solicitado autorización al Buró Político para cazar a Eigendorf.

A esas alturas conocía en todos sus detalles los hábitos diarios de su presa, y no le fue difícil idear un plan alternativo que no representara mayores peligros. El plan de caza definitivo estuvo pronto listo, y los agentes que iban a participar en él empezaron a desplazarse en secreto hacia el otro lado, dotados de un código especial de comunicación con el cuartel general de la Stasi en Berlín. Cuando cada uno de ellos estuvo ubicado en su posición y ya el Mercedes había sido comprado en Hannover, un agente más, experto en mecánica automotriz, fue despachado para cambiar los focos delanteros por unos de mayor potencia, que al ser manipulados a la posición alta no dejaran a la víctima ninguna escapatoria. Entonces se inició el viaje del cazador mayor. No era sino el propio Mielke quien iba a ponerse al volante del Mercedes.

Se trasladó a Leningrado en un vuelo militar ciego, y desde allí por tren hasta Helsinki, con un primer pasaporte falso de Alemania Federal expedido a nombre de un Klaus Zippert, de oficio tapicero, quien, para los efectos de la trama, viajaba acompañado por su esposa, Sabine Becker, en verdad una agente de la Stasi en la estación local. Los pasaportes de ambos tenían sellos de entrada en la frontera polaca, y se les suponía de vacaciones en la Unión Soviética. La fotografía utilizada para este pasaporte, el mismo que Mielke usó para volar a Oslo, siempre en compañía de su falsa esposa, lo muestra con los cabellos teñidos de rubio y con unas gafas de miope. La esposa tiene aproximadamente la misma edad que él, y con su alta moña y el ligero maquillaje, luce como una señora respetable y próspera, porque Mielke estaba siempre detrás de los más mínimos detalles, y para él los asuntos de identidad eran claves en el desarrollo y remate de una operación exitosa.

Cuando en Oslo cambió de nuevo el pasaporte y abandonó la identidad de Claus Zippert para asumir la de Peter Lindemann, ingeniero mecánico nacido en Trondheim, Noruega, en 1930, y posteriormente nacionalizado alemán occidental, se impuso cambiar su apariencia a la de alguien que tenía diez años menos que su edad real, lo cual demandaba un trabajo a fondo. Era un asunto de virtuosismo personal. En la casa de seguridad donde acampó la noche antes de su partida hacia Copenhague, él mismo dirigió al equipo de peluqueros y maquillistas, llegados también de Berlín. Se empeñó, además, en aprenderse una historia de vida que llevó hasta las más estrictas minucias, como el nombre de los compañeros de su promoción en la facultad de Ingeniería de la Universidad de Bergen, donde supuestamente había estudiado; algo que nunca nadie habría de preguntarle. Le valía que tenía un conocimiento básico del noruego.

En esta nueva foto de pasaporte aparece más delgado y, como se ha dicho, más joven, provisto de lentes de contacto y de una cabellera negra. Las corbatas italianas eran uno de sus vicios, y aquí lleva una que no es precisamente de buen gusto, y por las solapas mal acomodadas se ve que el traje era pobre y mal cortado, aunque él creyera lo contrario. Cuando la mañana del miércoles 2 de marzo de 1983 traspasó los controles aduaneros del aeropuerto de Hamburgo, viajaba solo y cargaba en su cartapacio una copia del falso contrato de consultor temporal con la AG Rosenheim, una compañía fabricante de volquetes de ferrocarril con domicilio en Hannover. La agente que lo había acompañado a título de esposa hasta Oslo, viajaba ahora por separado, en el mismo avión, con una nueva identidad, y no lo perdió de vista hasta que fue recogido en el estacionamiento del aeropuerto por los contactos locales designados.

La noche del 3 de marzo Mielke estaba ya instalado en una habitación con vista a la carretera en el Hotel Esser de Braunschweig. Desde la ventana, en el paisaje neblinoso, se divisaban las casas de techo de pizarra, todas iguales, alineadas al otro lado. Una de ellas, la número 7, era la de Eigendorf, y oculto tras la cortina casi desde el alba vigiló de manera constante la actividad de la casa, cuya luz en el porche había pasado ardiendo toda la noche. Ocasionalmente usaba unos prismáticos. Esta vigilancia no le correspondía de ninguna manera, pero la realizó con avidez y constancia, apenas interrumpida por un par de viajes al baño. Vio a Ute sacar la basura después de la siete, la vio subir al coche para ir por pan y huevos a la tienda de comestibles, varias cuadras al sur, y una hora más tarde vio aparecer a Eigendorf vestido con una sudadera marrón; lo vio plantarse primero frente al porche para practicar sus ejercicios de calentamiento, y luego trotar por la vereda hasta perderse en la esquina, cuatro casas más allá; luego lo vio reaparecer bordeando un prado donde pastaba una vaca solitaria, convertirse en una figura distante que ascendía a ritmo seguro por el camino y perderse por fin tras la cortina de álamos que delimitaba el prado. Ya no esperó su regreso.

Pero al día siguiente concurrió al estadio para presenciar el juego entre el Bochum y el Eintracht Braunschweig, sin que tal cosa formara parte del plan. Otros agentes asignados al operativo llegaron por separado y ocuparon asientos vecinos al suyo. Ya sabemos que Eigendorf no jugó esa tarde, y Mielke no pudo verlo esta vez ni de lejos, porque ni siquiera salió al terreno de juego. Antes de terminar el partido se retiró, y lo mismo hicieron sus hombres, en momentos distintos y por puertas distintas.

Ya tenía la información de que Eigendorf se juntaría en el bar con sus amigos, que luego iría a casa de su profesor de vuelo, y que invariablemente regresaría a su casa para cenar con Ute. Sabía lo que iban a comer esa noche porque Ute había consultado por teléfono la receta con una amiga: estofado de ternera en salsa de hongos y puré de camote metido al horno.

De modo que Mielke contaba con cerca de tres horas vacías, e invitó a cenar al agente destinado a acompañarlo al lado del volante y quien, esa misma noche, concluida la cacería, entregaría el Mercedes a otro agente que debía guardarlo por un tiempo prudencial antes de venderlo, una vez repuesto el sistema original de focos delanteros. Mielke volaría a la mañana siguiente a Varsovia, vía Hannover, de regreso a Berlín.

Mielke se empeñó en que este acompañante fuera Lothar Homann, el "Romeo" que se había casado con Gabriele. Resultaba algo fuera de lo común, porque ya se sabe que Homann no figuraba como un agente de línea, y por tratarse de una cara conocida el trabajo de cambio de identidad tuvo que haber tomado el triple a los especialistas; pero Mielke necesitaba un testigo personal de su hazaña, alguien que al mismo tiempo tuviera que agradecerle después la oportunidad de presenciar el momento final de la cacería, cuando la pieza sucumbe ya sin remedio; porque si para averiguar estaba, Mielke sabía de sobra que Homann nunca había dejado de guardar celos desenfrenados contra Eigendorf, de los que Gabriele se quejaba ante sus amigas.

Técnicamente, el papel de Homann estaba determinado en los reglamentos. Un agente comprometido en una acción encubierta debía contar con otro, cuando así fuera posible, para darle cobertura y, de ser factible, facilitar su escape. Lo que no preveían de ninguna manera los reglamentos era que alguien ya involucrado en un papel específico asumiera otro de naturaleza completamente diferente en el mismo caso. Y menos aun que el propio jefe supremo de la Stasi actuara como ejecutor principal.

Mielke eligió para la cena un pequeño restaurante italiano muy exclusivo, ubicado cerca del lugar de los hechos, llamado *Le baruffe chiozzotte*, y puso al teléfono al mismo Homann a hacer las reservaciones. Es curioso encontrarse con la evidencia de que esa noche se vistió como acostumbraba en las grandes ocasiones, pero no lo hizo sino después de concluida la cena en aquel restaurante exclusivo, para lo cual regresó al hotel. La cacería era la gran ocasión.

Había traído consigo uno de sus trajes de paño oscuro, agujereado en la pechera por los pasadores de las condecoraciones, de las que obviamente prescindió, y se puso además un sombrero de fieltro, también oscuro, y unos guantes de piel de ante, igualmente oscuros. La corbata, de la última partida que uno de sus agentes le había comprado en Milán, tenía un diseño de diminutos barcos de vela en blanco sobre un fondo azul, y la camisa de cuello y puños almidonados, también italiana, demasiado larga de las mangas, había sido ajustada con una sisa a la altura de los antebrazos; un problema usual con sus camisas.

Sabía que aquello no representaba ningún riesgo porque no quedarían rastros de su vestimenta; no pensaba dejar su maleta olvidada en el hotel. Había meditado mucho sobre la magnitud de los riesgos. No se trataba de activar explosivos ni de disparar un arma con mira telescópica, sino simplemente de manipular los faros de un Mercedes cuando le dieran el aviso, mientras Homann, sentado a su lado, lo observaba. Luego, bajando del talud en retroceso, manejaría apenas unos tres kilómetros hasta un punto cercano a un cruce ferroviario, donde otro vehículo iba a recogerlo.

Así fue como las cosas ocurrieron. El Mercedes se estacionó media hora antes sobre el talud, al final de la curva, y Mielke puso a bajo volumen una estación de radio que transmitía un programa de canciones de Edith Piaff. A su lado en el asiento tenía el walkie-talkie, a través del cual el agente que esperaba la salida de Eigendorf de casa de su profesor de vuelo establecía contactos periódicos en la clave convenida. Vogel, el profesor de vuelo, era Lucio, y Eigendorf, según la vieja designación, Marco Bruto.

De modo que cuando recibió el aviso de que Marco Bruto enfilaba hacia la carretera saliendo de la casa de Lucio, con el agente siguiéndolo a diez metros de distancia en el Ford Taunus, Mielke calculó que sólo faltaban unos pocos minutos para que apareciera al final de la curva, y entonces se aferró firmemente al timón, como si fuera a iniciar una larga carrera, y al ver acercarse raudos los focos por la carretera solitaria accionó la palanca para provocar el súbito deslumbre que hizo a Eigendorf llevarse el brazo a los ojos y perder así el control del vehículo, que fue a dar las tres volteretas sobre el pavimento antes de estrellarse contra el árbol.

Pero Mielke no lo imaginó así desde lo alto del talud. Lo imaginó con los ojos fijos, muy abiertos, asombrado bajo el hechizo de la intensa luz como los ciervos que alzando la cabeza se quedan petrificados delante del cazador.

*Managua, julio de 2000*

# Aparición en la fábrica de ladrillos

*A Danilo Aguirre*

Siempre estará regresando a mi mente la noche aquella de la aparición que cambió mi destino, ahora que no tengo ni silla de ruedas para ir por lo menos de un lado a otro dentro del templo como yo quisiera, a doña Carmen se la prometen de la Cruz Roja y nunca cumplen, doña Carmen, la más valedera entre mis feligresas aunque le sobran los años, ella me trae el bocado cuando puede, y me asea, sentado como quedé para el resto de mi vida en este taburete de palo no por ningún accidente que me hubiera dejado paralítico ni nada por el estilo, sino porque de pura gordura me fui inmovilizando hasta no poder levantarme más, con sólo el esfuerzo de incorporarme ya se manifiesta el ahogo del corazón, gordo del cuerpo y macilento de la cara, un enfermo con exceso de peso así como le ocurrió a Baby Ruth que igual padeció de males cardiacos, muy propio de cuartos bates engordarse demasiado pues es sabido que la potencia de un slugger para enviar una noche la bola a cuatrocientos pies más allá de la cerca, donde comienza la oscurana, depende de la alimentación apropiada, y por esa razón en tiempos de mi fama me sobraba que comer, los propios directivos del seleccionado nacional me llevaban las cajas de alimentos a mi casa, además de suplementos dietéticos como Ovomaltina y Sustagén.

Pero eso ya todo acabó, todo se fue en un remolino de viento revuelto con la basura, y lo que me queda es la grasa de los viejos tiempos después que se me aflojaron y se consumieron los músculos, una reserva inútil que se me va agotando lentamente. Una vez, cuando todavía podía caminar, aunque ya con paso lerdo, me fui al Mercado Oriental con mi alforja de bramante a regatear mis compritas, y una carnicera que vendía cabezas de cerdo en la acera, al verme pasar, se asoma entre las cabezas colgadas de los ganchos, se pone las manos en el cuadril, muy festiva, y comenta a grandes gritos: "¡Ese gordiflón que va allí rinde por lo menos una lata de manteca!" Y viene otra de edad superior, que está cuchillo en mano pelando yucas, tapada con un sombrerón de vivos colores, y le dice: "¿Qué no te fijás que ese gordo mantecudo fue nada menos que un gran bateador?"; a lo cual la de las cabezas de cerdo le contesta: "Verga me valen a mí los bateadores", y las dos se quedaron dobladas de la risa.

Tenía catorce años de edad en 1956 cuando ocurrió la aparición. Ya para entonces el beisbol era el motivo único de mis desvelos, bateando hasta piedras en los patios y en las calles, o naranjas verdes robadas de las huertas que se reventaban al primer estacazo, dueño además de una manopla de lona cosida por mí mismo, y tampoco me alejaba del radio de don Nicolás, el finquero cafetalero que vivía en la esquina frente a la fábrica de ladrillos "Santiago" de Jinotepe donde yo trabajaba, jugara quien jugara oyendo los partidos de la liga profesional que narraba Sucre Frech, ya no se diga los de la Serie Mundial entre los Yankees de Nueva York y los Dodgers de Brooklyn que narraba Bob Canell en la Cabalgata Deportiva Gillette, una voz llena de calma hasta en los momentos de mayor dramatismo, que se acercaba y se alejaba como un péndulo debido a que las estaciones locales tomaban de la onda corta esas transmisiones, y entonces, cuando el péndulo se alejaba, sólo don Nicolás podía oír lo que la voz decía porque pegaba la oreja al radio instalado en su sala, y nos lo repetía a todo el muchachero descamisado que se juntaba a escuchar el partido en la acera.

Pero confieso que mi peor pasión eran las figuras de jugadores de las Grandes Ligas que venían en sobrecitos de chicles sabor de pepermín y canela, y algunas de esas figuras, como las de Mickey Mantle o Yogi Berra alcanzaban un valor estratosférico en los intercambios, mientras otras eran despreciadas y uno podía hallárselas tiradas en la cuneta, como las Carl Furillo o Salvatore Maglie, por ejemplo, una injusticia, no sé por qué, tal vez porque jugaban en los Dodgers y nosotros los del barrio de la ladrillería íbamos con los Yankees; pero entre esas injusticias estaba también despreciar la figura de Casey Stengel, el propio manager de los Yankees, y en este caso quizá porque se le veía como un viejo agriado y a veces chistoso que sólo se pasaba sentado en la madriguera vigilando el juego, dando órdenes y apuntando en su libreta, y no había manera de hacer que nadie cambiara su opinión aunque mil veces yo explicara que se trataba de un verdadero sabio que ya había llevado a los Yankees a ganar varios campeonatos mundiales seguidos, prueba más que clara de que en el beisbol la sabiduría no siempre despierta admiración, sino por el contrario encumbra más tumbar cercas, robar bases y engarzar atrapadas espectaculares.

Todavía tengo bien presente lo que el viejo Casey Stengel había declarado a los reporteros antes de comenzar el quinto juego de la Serie Mundial de ese año de 1956 de que estoy hablando: "Abro con Don Larsen y no voy a cambiar de pitcher, ni mierda que voy a ensuciarme los zapatos caminando hasta el montículo para pedirle la pelota, porque él va a lanzar los nueve innings completos, y óiganme bien, cabrones, Don los tiene de este tamaño, así, como huevos de avestruz, y yo me corto los míos si no gana este juego." Y tenía toda la razón. Después de que en el segundo partido de esa Serie Mundial Don Larsen no había podido siquiera completar dos innings en el montículo, expulsado por la artillería inclemente de los Dodgers, salió de las sombras de la nada para lanzar aquella vez su histórico juego perfecto; y apenas colgó el último out, don Nicolás, entendido como pocos en beisbol, al grado de que llevaba su propio cuaderno de anotaciones y conservaba muchos récords en su cabeza, se salió a la acera y muy emocionado nos dijo: "Vean qué cosa, el más imperfecto de los lanzadores viene y lanza un juego perfecto."

La aparición ocurrió una noche de noviembre, recién terminada esa Serie Mundial que otra vez ganaron los Yankees. Había salido a orinar al patio de la ladrillería como lo hacía siempre, dejando que el chorro se regara sobre el cercado de piñuelas, desnudo en pelotas y calzado nada más con unos zapatones sin cordones porque en el encierro de la bodega donde dormía el sofoco era grande y prefería acostarme sin ningún trapo en el cuerpo, respirando a fuerza la nube de polvo gris suspendida día y noche en el aire ya que aquella era la bodega donde almacenaban las bolsas de cemento Canal para la mezcla de los ladrillos. Y así desnudo estaba orinando sin acabar nunca, con ese mismo ruido grueso y sordo con que orinan los caballos, cuando sentí una presencia detrás de mí, y sin dejar de orinar volteé la cabeza, y entonces lo reconocí. Era Casey Stengel. Bajo la luna llena parecía bañado por los focos de las torres del Yankee Stadium.

Su uniforme de franela a rayas lucía nítido y los zapatos de gancho los llevaba bien lustrados, pues ya ven que no le gustaba ensuciárselos. Y allí en el patio donde se apilaban los ladrillos ya cocidos, me volví hacia él, afligido de que me viera desnudo y fuera a regañarme por indecente; pero pensándolo bien, mi sonrojo no tenía por qué ser tanto, la indecencia está más que todo en la fealdad; yo no era ni gordo ni flojo como ahora, una bolsa de pellejo repleta de grasa que se va vaciando, sino un muchacho de músculos entecos, desarrollados en el trabajo de acarrear las bolsas de cemento a la batidora, vaciar la mezcla en los moldes y mover el torniquete de la prensa de ladrillos.

Sus ojos celestes me miraban bajo el pelambre de las cejas, y encorvado ya por los años dirigía hacia mí la nariz de gancho y la barbilla afilada, cabeceando como un pájaro nocturno que buscara semillas en la oscuridad. Mantenía las manos metidas en la chaqueta de nylon azul y la gorra con el emblema de los Yankees embutida hasta las orejas, unas orejas sonrosadas que se doblaban por demasiado grandes. "Tu destino es el beisbol, muchacho, un destino grande", me dijo a manera de saludo, con una sonrisa amable que yo no me esperaba, y luego se acercó unos pasos, y así desnudo como estaba, me echó el brazo al hombro. Sentí su mano fría y huesuda en mi piel que sudaba, cubierta del polvo del cemento que también tenía metido en el pelo. "¿Por qué?, no me lo preguntes; es así. Pero si insistes te diré que tienes brazos largos para un buen swing, una vista de lince y una potencia todavía oculta para tumbar cercas que ya te vendrá comiendo bien, huevos, leche, avena, carne roja. ¿Quieres saber más? Cuando Yogi Berra quiso que le dijera por qué estaba yo seguro de que sería un gran catcher, le respondí que no me preguntara estupideces, a las claras se veía que su cuerpo estaba hecho para recibir lanzamientos, lo mismo que el de un ídolo en cuclillas."

Desde que se me apareció Casey Stengel supe que mi destino era darle gloria a Nicaragua con el tolete al hombro, porque se acordarán que cada vez que me paré en la caja de bateo hice que las ilusiones levantaran vuelo en las graderías como palomas saliendo del sombrero de un mago prestidigitador, miles de fanáticos de pie, roncos de tanto ovacionarme mientras completaba la vuelta al cuadro después de cada cuadrangular. Mi nombre, escribió el cronista Edgard Tijerino Mantilla, pertenece a la historia, y mis hazañas están contadas en todos esos fólderes llenos de recortes, fotos y diplomas que se apilan allí, al lado del altar, porque cuando perdí mi casa del barrio de Altagracia lo único que pude rescatar fueron mis papeles y dos de mis trofeos, esos que están colocados al lado de las cajas de fólderes; aquel trofeo dorado, que parece un templo griego sostenido por cuatro columnas, me lo otorgaron cuando me coroné campeón bate en la Serie Mundial de diciembre de 1972 que se celebró en Managua, la serie en que pegué el jonrón que dejó tendido al equipo de Cuba, hasta entonces invencible.

A los jugadores de la selección de Nicaragua nos tenían alojados esa vez en el Gran Hotel, y cuál es mi susto que la noche del triunfo contra Cuba tocan con mucho imperio la puerta de mi cuarto, yo ya acostado porque temprano teníamos entrenamiento, y voy a abrir y es Somoza en persona acompañado de todo su séquito, detrás de él se ven caras de gente de saco y caras de militares con quepís, y yo corro a envolverme en una sábana porque igual que la vez que se me apareció Casey Stengel me encontraba desnudo tal como fui parido, y entra Somoza y detrás de él las luces de la televisión, se sienta en mi cama, me pide que me acomode a su lado y los camarógrafos nos enfocan juntos, yo envuelto en la sábana como la estatua de Rubén Darío que está en el Parque Central, él de guayabera de lino y fumando un inmenso puro, y delante de las cámaras me dice: "¿Qué querés? Pedime lo que querás." Y yo, después de mucho cavilar y tragar gordo, mientras él me aguarda con paciencia sin dejar de sonreírse, le digo: "General Somoza, quiero una casa."

Esa casa prefabricada de dos cuartos, un living y un porche ya la tenían lista de sólo instalarle la luz en uno de los repartos nuevos que no se cayó con el terremoto que desbarató Managua ese mismo diciembre, fui a verla varias veces con mucha ilusión y me prometieron que me la iban a entregar de inmediato, pero todo se disolvió en vanas promesas con el pretexto de que el terremoto había dejado sin casa a mucha gente más necesitada que yo. Entonces, tras mucho reclamar y suplicar se fue un año entero, y la propia fanaticada agradecida, aún palmada como había quedado con la ruina del terremoto, prestó oído a una colecta pública que inició *La Prensa* para regalarme mi casa, y unos llevaban dinero, otros una teja de zinc, otros bloques de cemento, y allí en mis fólderes tengo la foto del periódico donde el doctor Pedro Joaquín Chamorro me está entregando las llaves. Pero esa es la casa que perdí porque una hermana por parte de padre, de oficio prestamista, a quien se la confié cuando tuve que emigrar a Honduras, ya que nadie estaba con cabeza suficiente tras el terremoto para pensar en beisbol, la vendió sin mi consentimiento alegando que me había dado dinero en préstamo, es decir que me estafó, y otra vez quedé en la calle.

Hará dos años que me presenté al Instituto de Deportes y tras mucho acosarlos escucharon mi súplica de que me permitieran entrenar equipos infantiles, pues aunque fuera sentado en mi taburete podía aconsejar a los muchachitos de cómo agarrar correctamente el bate, cómo afirmarse sobre las piernas para esperar el lanzamiento, la manera de hacer el swing largo; pero me pagaban una nada, además de que los cheques salían siempre atrasados, exigían que fuera yo personalmente a retirarlos, y hastiado de tantas humillaciones mejor renuncié. ¿Qué podía hacer de todos modos con esa miseria de sueldo si ni siquiera me alcanzaba para las medicinas? Hagan de cuenta que soy una farmacia ambulante y doña Carmen, el Señor Jesús la bendiga, se las ve negras para conseguirme en los dispensarios de caridad las que más necesito, pastor como soy de una iglesia demasiado pobre en este barrio donde las casitas enclenques se alzan en el solazo entre los montarascales y las corrientes de agua sucia, la mayor parte hechas de ripios, unas que tienen las tejas de zinc viejas sostenidas con piedras a falta de clavos, y otras que a falta de pared las cubre en un costado un plástico negro y en otro cartones de embalar refrigeradoras, de dónde van a sacar mis feligreses para facilitarme el dinero de las medicinas si a duras penas consiguen ellos para el bocado, y no sólo pasan hambre, aquí donde estoy encerrado tengo que vérmelas con las quejas que en mi condición de pastor me vienen todos los días de casos de drogadictos que golpean sin piedad a sus madres, niñas que a los trece años andan ya en la prostitución, estancos de licor abiertos desde que amanece, y yo les ofrezco el consuelo divino, aunque sé que no basta con predicar la palabra para aplacar la maldad entre tanto delito y tantas necesidades, y todavía dicen que aquí hubo una revolución.

Esa mi casa del barrio Altagracia tenía para mí un valor incalculable porque me la regaló mi pueblo de aficionados. Allí guardaba en una vitrina especial los uniformes que usé en los distintos equipos que me tocó jugar, mi uniforme de la selección nacional con el nombre Nicaragua en letras azules y el número 37 en la espalda, un número que si tuviéramos respeto por las glorias nacionales ya debería haber sido retirado para que nadie más lo usara; mis bates, incluyendo el bate con el que pegué el jonrón contra Cuba, mi guante, mis medallas, reliquias que un día debieron ir a dar a un Salón de la Fama; pero mi hermana la usurera no se conformó con vender la casa al dueño de un billar sino que se hizo gato bravo de mis preseas o las destruyó, nunca llegué a saberlo; y si hoy puedo conservar estas cajas de fólderes y estos pocos trofeos, es sólo gracias a que otro hermano mío, uno que después perdió las piernas en un accidente de carretera, se metió a escondidas de ella en la casa antes de que la muy lépera la vendiera y los rescató.

Cuando se desató la guerra contra Somoza en 1979 yo era camionero. Con mil dificultades había conseguido fiado un camión, y no me iba mal transportando sandías y melones a Costa Rica, pero al arreciar los combates guardé mi camión por varias semanas esperando que se aliviara la situación, que se presentaba comprometida precisamente del lado de la frontera sur; y llega el día del triunfo, contagiado de alegría pongo el camión a la orden de los muchachos guerrilleros que van entrando a Managua a fin de acarrearlos a la plaza donde se va a dar la celebración, no menos de cinco viajes hago aportando el combustible de mi bolsa, y vayan a ver lo que ocurre entonces, que gente malintencionada de mi mismo barrio que está en la plaza me acusa de paramilitar y allí mismo me confiscan el camión, y va de gestionar para que me lo devuelven y todo en vano, no me pudieron probar lo de paramilitar, algo ridículo, y entonces me salen con el cuento de que me había tomado una foto con el propio Somoza, véase a ver, la foto aquella de la noche en que llegó por sorpresa a mi cuarto del Gran Hotel para ofrecerme como regalo lo que yo le pidiera, una promesa vana, ya dije, pero nada, caso cerrado, sentencian, y me voy entonces a la agencia distribuidora de los camiones a explicarles y no ceden, deuda es deuda alegan, me echan a los abogados en jauría, si no pagás vas por estafa a la cárcel, con lo que de pronto me veo prófugo, el robo público que me hacen del camión y después el escarnio de tener que huir de los jueces, ese es el premio que me da la revolución por haber bateado consecutivamente de hit en los quince juegos de la Serie Mundial de 1972, un récord que nadie me ha podido quitar todavía, el premio de los comandantes a las cuatro triples coronas de mi impecable historial. La fama que me ofreció Casey Stengel aquella noche de luna, como bien pueden ver, no fue ninguna garantía frente a la injusticia.

De no haber sido beisbolista me hubiera gustado ser médico y cirujano, pero la pobreza me estranguló y desde pequeño tuve que ambular en muchos oficios, ayudante de panadero, oficial de mecánica, operario en la ladrillería "Santiago". "No te importe", me dijo aquella vez Casey Stengel, "yo quise ser dentista allá en Kansas City, pero mi familia era tan pobre como la tuya y jamás pude lograrlo, encima de que para sacar muelas cariadas yo no servía." Con esfuerzo estudié por las noches y aprobé la primaria, mientras de día me afanaba en la ladrillería donde me daban de dormir; y desde que ocurrió la aparición, aún siendo poco lo que ganaba me hice cargo de mi destino y fui apartando de mi sueldo para comprar mis útiles, los spikes, el bate, la manopla, a costas de quedarme sin una sola camisa de domingo, para no hablar de otros muchos sacrificios. "El beisbol es como una santidad y nada se parece más a la vida de un ermitaño", me había dicho Casey Stengel; "ya ves, tiene razón tu vecino don Nicolás: mi muchacho Don Larsen lanzó un juego perfecto siendo él imperfecto, porque creyéndose carita linda siempre le ha interesado más una noche de juerga que un trabajo a conciencia en el montículo. De modo que a ti puedo decírtelo en confidencia, hijo: ese juego perfecto de Don fue una chiripa, y te vaticino que en pocos años lo habrán olvidado. La gloria verdadera, por el contrario, es asunto de perseverancia, y cuando llega hay que apartarse de los vicios, licor, cigarrillo, juegos de azar, y sobre todo de las mujeres, porque todo eso junto es una mezcolanza que sólo lleva al despeñadero de la pobreza. La fama trae el dinero, pero no hay cosa más horrible que llegar a ser famoso y después quedar en la perra calle." Y vean qué vaticinio, todo lo que gané se me fue en mujeres.

No sé si ya he dicho que tengo diez hijos desperdigados, todos de distintas madres, porque en aquel tiempo de mi gloria y fama no me hacían falta las mujeres que tras una fiesta de batazos en el estadio se acercaban a mí donde me vieran, y me decía una en el oído, por ejemplo, mientras bailábamos: "Ando sin calzón ni nada, restregame la mano aquí sobre la minifalda para que veás que no es mentira", asuntos que recuerdo con recato por mi papel que ahora tengo de pastor y con bastante remordimiento porque a ese respecto nunca logré hacerle caso a Casey Stengel. Y por muy halagadores que todavía puedan ser esos recuerdos, que discurren ociosos en mi cerebro sin que yo lo quiera, ahora de qué me sirve, si a los casi sesenta años de edad que tengo padezco de inflamación del corazón, de artritis, soy hipertenso, y sobre todo de este mal de la gordura; y entonces esas visiones de mujeres se vuelven un tormento mortal que debe ser mi castigo, mujeres de toda condición y calaña que se me entregaron, dueña una de un Mercedes Benz de asientos que olían a puro cuero, otra que me invitaba a su mansión a la orilla del mar en Casares, también aquella de ojos zarcos que vendía productos de belleza de puerta en puerta llevando las muestras en un valijín, lo mismo una casada con un doctor en leyes que se tomó un veneno por mí y por poco muere, y por fin la doncella colegiala alumna de la escuela de mecanografía que fue la que me pidió que le restregara la mano mientras bailábamos, y era cierto que andaba sin calzón ni nada.

Después de que me expropiaron el camión quedé en el más completo desamparo y entonces comenzaron a visitarme todos los días unos hermanos pentecostales que me llevaban folletos ilustrados donde aparecían a todo color en la portada escenas de familias felices, por ejemplo el esposo en overoles subido a una escalera cortando manzanas de los árboles repletos, la esposa y los niños cubiertos con sombreros de paja acarreando canastas con toda clase de frutas y verduras cosechadas en su propio huerto y unos corderos blancos con cintas en el cuello pastando en el prado verde, todo aquello bajo un sol brillante que parece que nunca se pone, un cuadro de dicha que sólo se logra por la bondad infinita de la fe, según la prédica locuaz de los hermanos que eran dos, uno de Puerto Rico y el otro de Venezuela, al Señor le importa un comino la gloria mundana o los ardides de la fama, sentados a conversar conmigo por horas como si nada más tuvieran que hacer en el mundo que predicarme la palabra, y como si yo fuera el único en el mundo entre tanta alma atribulada al que tuvieran que convencer, y ya después me dejaron una Biblia, y cuando se dieron cuenta de que la fruta estaba madura decidieron mi bautizo, que fue señalado para un día domingo.

Me obsequiaron para esa ocasión una camisa blanca de mangas largas, que por encontrarme tan gordo fue imposible cerrarle el botón del cuello, y una corbata negra, para que luciera con la misma catadura que siempre se presentaban ellos; alquilaron una camioneta de tina en la que me subieron con todo y taburete, y conmigo en la tina iban los hermanos predicadores y unos muchachos con guitarras que cantaron por todo el camino himnos de júbilo, y cuando llegamos a un recodo sereno del río Tipitapa junto a una hilera de sauces, más adentro de la fábrica de plywood, allí me bajaron y sentado en el taburete me metieron en el río, me sumergieron de cabeza en el agua los hermanos como si se tratara del mismo Jordán, y aunque esa noche me dio una afección del pecho y me desveló la tos, la paz interior que sentía era muy honda y muy grata porque el Señor Jesús estaba dentro de mí. Confieso que nunca me imaginé que yo fuera de la palabra, si lo que sabía era batear jonrones, para lo cual no se necesita ninguna elocuencia; pero el Espíritu Santo dispuso de mi lengua y aprendí a predicar, por lo que los hermanos me dejaron al servicio de esta iglesia antes de partir hacia otras tierras.

Si algún fanático beisbolero de aquellos tiempos me viera metido aquí, entre estas cuatro paredes sin repellar, bajo este techo de zinc pasconeado por el que se cuelan el polvo y la lluvia, en este templo que sólo tiene cuatro filas de bancas de palo y un altar con una cortina roja que fue una vez bandera de propaganda del Partido Liberal, mis cajas de fólderes y mis trofeos en una esquina, y el catre de tijera que doña Carmen me abre cada noche para que me acueste, porque el templo es mi hogar, ese fanático que digo no creería que soy el mismo que fui, y sobre todo si llegara a darse cuenta del estado de invalidez en que he caído, al extremo de haberme defecado una noche mientras dormía, en sueños sentí cómo se vaciaba sin yo quererlo mi intestino, y nunca he padecido un dolor más grande en mi vida, amanecer embarrado de mi propio excremento; y ese fanático que antes me adoró sufriría una tremenda decepción, ya no se diga las mujeres aquellas que se quitaban sus prendas íntimas antes de acercarse a mí, el rey de los cuadrangulares, para que yo les palpara la pura piel desnuda debajo de la minifalda.

¿De qué me sirvió la fama, conocer el mundo, salir fotografiado en los periódicos que ahora se ponen amarillos de vejez metidos dentro de mis fólderes en las cajas de cartón? Me acuerdo de aquella noche de enero de 1970 en el estadio Quisqueya de Santo Domingo, era mi turno al bate y sonaba un merengue que tocaba una orquesta en las graderías porque íbamos perdiendo ya en el séptimo inning y la gente bailaba, gritaba como endemoniada, mi cuenta era de dos strikes con corredor en segunda y en toda la noche no le había descifrado un solo lanzamiento al pitcher, un negrazo como de seis pies que tiraba bólidos de fuego, me quiere sorprender con una curva hacia adentro, le tiro con toda el alma y entonces veo la bola que va elevándose hasta las profundidades del centerfield, más allá de los focos, más allá de la noche estrellada, disolviéndose en la nada como una mota de algodón, como una pluma lejana, y yo viéndola nada más, sin empezar a correr todavía, y hasta que ya no se divisa del todo dejo caer el bate como en cámara lenta y mientras inicio el trote alzo la gorra hacia las graderías en penumbra que ahora son un pozo de silencio al grado que hasta mis oídos llega el rumor del mar, voy corriendo las bases lleno de júbilo, paso encima del costal de tercera, erizo ya de emoción, y tengo unas ganas inmensas de llorar cuando piso el home plate aturdido por el resplandor de los flashes de los fotógrafos porque con ese batazo le he dado vuelta al marcador, un juego que ganamos, y entonces no es ya esa noche en Santo Domingo sino la tarde de diciembre del año de 1972 en que derrotamos a Cuba gracias al palo de cuatro esquinas que otra vez pegué y por el que me prometieron la casa que nunca me dieron, y ahora el rumor del mar son las voces de los fanáticos que se alzan incesantes desde las graderías, bulliciosas y encrespadas.

El Señor Jesús me ha puesto delante la vida y el bien, la muerte y el mal, porque muy cerca de mí está la palabra, en mi boca y en mi corazón, para que la cumpla; acepto entonces que no me debo quejar ni darle lugar a los remordimientos. Y en la soledad de este templo sobre el que se desgrana el viento sacudiendo las tejas de zinc, sentado en mi taburete de palo, ya sé que cuando la puerta se abra sola con un chirrido de bisagras ensarradas, y en la contraluz del mediodía aparezca la figura de Casey Stengel con su cara de pájaro que busca semillas, y me diga: "¿Estás listo, muchacho?", será la hora de seguirlo.

*Managua, febrero de 2000*

# Perdón y olvido

*A Sealtiel, a Edna*

La pasión de Guadalupe son las viejas películas mexicanas. Puede verse hasta tres en cada sesión, y las colecciona con la misma avidez con que de niño yo coleccionaba figuras de jugadores de beisbol de las Grandes Ligas. Por lo general hay alguien que viene de México y le trae un casete con alguna que no tiene, o las graba del cable, y si no, no le importa repetir. Tu pasión malsana, le digo a veces, buscando una de esas camorras bufas que se desatan entre los dos; pero como me lo hace ver ella sin más necesidad que un fulgor burlón de su mirada, no tengo ninguna autoridad moral para criticarla. La verdad es que nunca falto a sus sesiones de cine casero que duran hasta la medianoche, o más allá.

Guadalupe se quedó en Nicaragua desde que le tocó cubrir en 1979 la ofensiva final en el Frente Sur, como parte de un crew de Imevisión, todos encandilados con el sandinismo, y la conocí para los días del triunfo cuando se fundó Incine con unos cuantos equipos confiscados a la empresa de un argentino mafioso que le hacía los noticieros de propaganda a Somoza. Ella apareció una mañana en la mansión de Los Robles, confiscada también a un coronel de la Guardia Nacional, donde estábamos instalándonos. Llegó vestida de guerrillera, botas, boina, canana y un fusil Galil, enviada por Juanita Bermúdez, la asistenta de Sergio Ramírez, con instrucciones de la Junta de Gobierno de darle trabajo en algo que todavía no existía. Mucho después me confesó cuánto me había odiado ese día. Lo primero que le pedí fue que se deshiciera de aquel fusil, que no parecía saber manejar y que iba a estorbarle en el trabajo, que antes que otra cosa consistía en barrer y acomodar los muebles del coronel que de verdad fueran a servirnos, mientras los otros, consolas y espejos dorados, iban a dar a una bodega con la esperanza de utilizarlos alguna vez en una decoración de ambiente. Por el momento habíamos mandado a vaciar la piscina para que se viera que no éramos parte de la clase ociosa destronada.

Pero cuando filmé mi primer documental sobre la reforma agraria, *No somos aves para vivir del aire*, con una vieja Harriflex de 16 milímetros que era lo mejor de la herencia del capo argentino, Guadalupe hizo con todo entusiasmo el corte de la película. Y por esas vueltas que da la vida, no fue sino diez años más tarde que nos juntamos, después de haberla dejado de ver todo ese tiempo porque ella había regresado a México por una buena temporada para arreglar los asuntos legales de su divorcio. Los dos estábamos separados de nuestras parejas anteriores, yo ya un poco calvo y ella enseñando algunas hebras de canas en las trenzas, pues siempre se peina como Columba Domínguez en *Pueblerina*. El emblema de su presencia en mi cueva de soltero fue entonces el sarape mexicano que clavó como una manta de toreo en la pared, al lado de mis fotos de familia.

Esa noche que cuento estábamos viendo *Perdón y olvido*, una película del año 1950 en blanco y negro dirigida por Tito Gout, con Antonio Badú y Meche Barba. Empezaba una escena de cabaret cuando fui a buscar una lata de cerveza, y camino de regreso al sofá la sorpresa me dejó paralizado. En la pista del cabaret bailaban mis padres.

Con voz urgida, como si temiera que se me escaparan, le pedí a Guadalupe que congelara la imagen. No había duda, eran ellos. Cada uno bailaba con una pareja distinta. Ella llevaba el pelo peinado en grandes bucles laterales que subían desde sus orejas desnudas y él vestía un traje traslapado a rayas, de hombreras pronunciadas. Bastaba compararlos con la foto de su paseo a Xochimilco que colgaba en la pared al lado del sarape de Guadalupe, sentados los dos en el travesaño de una chalupa, bajo un arco tejido de flores, con las cabezas muy juntas, para saber que tenían entonces la misma edad que en la película.

Me apoderé del comando e hice regresar la cinta hasta el inicio de la escena de cabaret. Entonces los descubrí en las mesas, cada uno siempre con su pareja. Mi padre aplasta la colilla del cigarrillo en el cenicero y le dice algo a la rubia de rostro lánguido sentada frente a él, que le contesta; y unas mesas más allá, a medida que la cámara extiende su panel despreocupado, mi madre se inclina para que el morocho de pelo ensortijado y mirada nerviosa, su pareja, le dé fuego; luego expira el humo por las narices y también ella le dice algo al morocho, que guarda silencio.

Congelé el cuadro y mi madre quedó en la pantalla del televisor, envuelta en el humo del cigarrillo. Eran ellos, le dije a Guadalupe con un temblor de voz que me hizo sentir incómodo. Eran mis padres. Y al pulsar otra vez el botón, bajaron de nuevo a la pista para iniciar el baile.

El set de cabaret en *Perdón y olvido* era el mismo de otras películas que Guadalupe y yo habíamos visto en nuestras sesiones de cada noche, construido en la nave tercera de los estudios Churubusco en 1945 (según aparece en el libro *Churubusco, máquina de varia invención*, de Sealtiel Alatriste). Al fondo de la pista de baile estaba el estrado de la orquesta, circundado por cortinas drapeadas, y a los lados dos mezanines con barandas artesonadas en crucetas, donde se agrupaban las mesas; y realzados en las paredes, simulacros de columnas dóricas.

Yo nací poco después del regreso de mis padres a Nicaragua, amparados en la amnistía decretada a raíz del pacto entre liberales y conservadores que Somoza firmó con Emiliano Chamorro en 1950. Los avatares de ese exilio se los oí contar muchas veces a mi padre en la tertulia vespertina que se celebraba en la acera de nuestra casa en el barrio San Sebastián, oficinistas, maestros de secundaria y agentes viajeros que traían de las casas vecinas sus propias mecedoras y silletas y desaparecían cuando llegaba la hora de la cena. En México habían hecho de todo, contaba; ella de camarera en el Hotel del Prado, dependienta en El Palacio de Hierro; él visitador médico, empleado en la sección de estadística de la Secretaría de Educación; y al final, la temporada en que trabajaron como extras de cine.

Los dos habían muerto hacía años, mi madre de cáncer en los pulmones porque fumaba como loca. Yo recordaba a mi padre viudo gastando su magra pensión del Seguro Social en esquelas que mandaba a publicar en *La Prensa* con la foto de ella vestida de novia, una cada día durante el mes que siguió a su muerte, y después una cada mes. En las esquelas él le daba cuenta de todo lo que había hecho, empezando por sus visitas al cementerio para enflorar su tumba; le daba noticias de los achaques de sus amigas y de los disgustos entre ellas, bodas de parientes, otras muertes de conocidos: ya deben ustedes haberse encontrado en el cielo, le escribía. Y las noticias políticas del país, enemigo siempre de la dictadura: dichosa de tu parte que no estás aquí para no seguir contemplando tanta iniquidad. Un día fui a verlo y le dije que ya terminara con aquella correspondencia pública, a quién le interesaba, era ridículo. Me miró, primero sorprendido, y después se sentó en la cama y se echó a llorar.

Al verlos ahora en la película, sentía la fascinación de asomarme al pasado en movimiento. No eran simplemente fotos viejas pegadas a un álbum, sino el retorno a la vida cada vez que el botón dejaba correr la cinta. Y más fascinación verlos hablar sin poder escuchar lo que decían. Los extras aparecen en la escena llenando un vacío, fingiéndose parte de la realidad que rodea a los actores principales, aunque sólo sean parte de la decoración. Por eso no están en la película para ser recordados.

Pero en esas películas mexicanas de cabaret, filmadas con un argumento ramplón que era sólo pretexto para la revista musical que tomaba gran parte del metraje, la cámara se mueve poco y apunta a la pareja de personajes principales mientras permanecen sentados o mientras bailan, la banda de sonido recogiendo siempre su diálogo. Los extras a quienes toca quedar al fondo permanecen en muda conversación; y en *Perdón y olvido*, por un azar, mis padres aparecían hasta ahora en dos ocasiones en foco de segundo plano, muy cercanos a la cámara.

Sonó el teléfono y volví a congelar la imagen. Había hecho un pedido urgente de película de 35 milímetros a Miami para un comercial de los cigarrillos Belmont y me anunciaban que llegaba en el avión de American del día siguiente. Y ahora que regresaba de responder la llamada y traía otra lata de cerveza en la mano, oí a Guadalupe que me preguntaba si todo aquello no me parecía divertido. Reflexioné antes de sentarme en el sofá. Estaba lejos de sentirme perturbado como antes, tras la primera impresión, le dije. Pero algo no dejaba de intrigarme. ¿Qué conversaban mis padres con sus parejas, con aquellas voces que en la película quedaban sólo en movimientos de labios?

Los extras no son parte del guión. Acomodados en las mesas o bailando en la pista, tienen libertad de conversar en voz baja, o fingir que conversan, lejos del alcance del micrófono que se mueve en el asta sobre la cabeza de los protagonistas. Pero aunque sus voces nunca se escuchen, el director les recuerda, antes de comenzar la toma, que deben comportarse con naturalidad, como gente que se está divirtiendo en un cabaret, y no pueden permanecer mudos. Van vestidos de forma mundana, aunque después deben entregar en la guardarropía los trajes; mi madre, al salir de Churubusco, debió verse extraña en la calle, bajo el contraste de sus ropas modestas de malos tiempos de exiliados y aquel peinado de bucles que le habrían hecho en la peluquería de los estudios, todavía maquillada.

Precisamente por eso, porque no son gente mundana, que jamás entraría por sus propios pasos a un cabaret de lujo en la vida real, es que el director les advierte tanto sobre la manera de comportarse. Hagan como si la vida les sonríe, les diría Tito Gout con el embudo de lata en la boca. Tienen harta lana que gastar, se la robaron, se la ganaron en puras movidas chuecas, se sacaron la lotería, muchos de ustedes andan aquí a escondidas de sus esposas, matrimonios como quien dice decentes, no se asoman a estos cabarets. Así que olvídense de sus problemas, que yo sé que los tienen, si no, no hubieran venido detrás de esta chamba mugre; pero las caras compungidas y los lagrimones déjenselos a mis estrellas. Ustedes, a hacer como que se divierten. Y el que no sepa bailar, fuera de aquí.

Y ahora recordaba mejor a mi padre a la hora de la tertulia en la acera, en el calor que aún quedaba en el atardecer como el rescoldo de un horno que se apaga, contando cómo fueron a dar de extras de cine. La condición de asilados políticos era insuficiente para que pudieran seguir trabajando, y sus superiores les exigían el carnet de inmigrantes, que nunca lograron. En la Secretaría de Gobernación, en Bucareli, les cerraban la ventanilla en las narices al dar la hora de la comida, los últimos en la cola a pesar de que llegaban de madrugada a formarse; y entonces, como ya les habían advertido, por muy buena voluntad que les tuvieran, los borraron de la planilla.

Para actuar de extra no exigían permiso de residencia. Pagaban a la salida cada día, a nombre cantado, y había que presentarse todas las mañanas al estudio a esperar llamada, un viaje largo desde General Zuazua donde vivían, cerca del bosque de Chapultepec, hasta Río Churubusco. Bastaba conocer a alguien en el sindicato para colarse, y aceptar sin malas caras la merma en el pago que representaba la mordida. Había quienes atravesaban abrazados una calle nocturna para perderse en la oscuridad bajo tarifa de cuarenta pesos por cabeza; pareja que huía de la lluvia bajo los relámpagos, también cuarenta pesos cada uno; organillero ciego veinte pesos; vendedor ambulante en overoles arrastrando un carretón de frutas, los mismos veinte pesos. Tropa de a pie en la revolución, soldados federales, campesino con el arado, mujer con tinaja a la cabeza, diez pesos. Parroquianos en trifulca a silletazos en una cantina, quince pesos. Los de la concurrencia a un cabaret, cincuenta pesos, porque era requisito saber bailar.

Mi padre había hablado de más de una película en que les tocó actuar durante esa temporada de estrecheces; pero *Perdón y olvido* debió ser la última, porque según la ficha técnica que aparece en el libro *Historia documental del cine mexicano* (volumen 5) de Emilio García Riera, terminó de filmarse en agosto de 1950, el mismo año de su regreso a Nicaragua.

Siguió adelante la película y hubo ahora una prolongada percusión de timbales en anuncio de la danza Babalú. Los focos alumbraron a Rosa Carmina vestida en vuelos de rumbera, un pañuelo con nudo frontal atado a la cabeza, de hinojos al centro del escenario con escenografía de selva virgen, y atrás, agazapada en la oscuridad, una comparsa de bailarines pintarrajeados de negro que al erguirse ella alzando los brazos entraron en tropel. Mientras tanto, yo esperaba a que la cámara volviera a hacer un panel sobre los mezanines; pero habían sido puestos en penumbra mientras el número proseguía, y en los breves cortes intercalados apenas brillaba en alguna mesa el destello de un cigarrillo. Los focos continuaban derramándose sobre Rosa Carmina, y ahora realzaba en primer plano un ídolo africano que la comparsa de bailarines conducía en andas hasta depositarlo a los pies de la rumbera, entre el humo de los pebeteros.

La siguiente escena fue otra vez un baile de parejas en la pista. La orquesta de Chucho Zarzosa empezó a tocar un bolero y los bailarines bajaron por las escaleras de los mezanines, mi madre en primer plano con el morocho que la traía del brazo, y atrás mi padre, con la rubia. Y todo el tiempo que la cámara enfocó a Antonio Badú y Meche Barba mientras bailaban, y oíamos su diálogo, mi padre quedó detrás de ellos por un momento, abrazado a la rubia, un tanto desenfocado. Mi madre y el morocho sólo aparecieron una vez en cámara durante la secuencia del baile, muy lejanos, entre todas las cabezas; y a la hora de volver a las mesas, la vi sentarse a la suya. Retrocedí la cinta dos veces en esa parte, intrigado. El morocho ya no estaba.

No era usual. No había situaciones sorpresivas entre los extras. Se sentaban en parejas, bailaban en parejas. Seguramente porque Tito Gout (o quien diera las órdenes en su nombre) sabía casados a mis padres, no los dejaba juntos para que no parecieran un matrimonio bien avenido. Pero un extra jamás abandonaba a su pareja por otra, ni desaparecía de la escena. Aunque ningún espectador llegara a notarlo, el esquema no admitía anomalías, y en el guión no podían darse situaciones no previstas, capaces de crear confusiones.

Se lo comenté a Guadalupe, y se rió.

—Habrá ido al baño el morocho —dijo—; se habrá enfermado del estómago y nadie se percató de su ausencia, ni en el plató ni a la hora de hacer el corte final en la moviola.

Ya no ocurrió nada que me interesara. Pasada la escena de cabaret, mis padres no volvieron más a la pantalla. Y cuando acabó la película, me quedé fumando frente al televisor, en silencio.

—Si te buscas a un traductor de sordomudos puedes averiguar lo que se estaban diciendo —me dijo Guadalupe mientras se llevaba las latas vacías.

—¿Lo que estaban diciendo quiénes? —le dije.

—Pues tus papacitos —me dijo, vino a sentarse en el brazo del sofá y luego se dejó resbalar sobre mí, abrazándome por el cuello—. La curiosidad no es ningún pecado.

Yo no le respondí.

—De verdad —me dijo—; uno de esos que salen a veces en un ovalito en los programas de televisión, haciendo señas con los dedos. Alguien que entrene niños sordomudos para leer los labios.

—No valdrá la pena, se estarían diciendo cualquier cosa —le dije yo, sin convicción ninguna.

—Tenemos que saber por qué se fue el morocho —me dijo, otra vez riéndose, y según su costumbre me jaló por los cachetes antes de besarme, como si yo fuera un niño que necesita mimos antes de irse a la cama.

Yo había hecho un documental para Los Pipitos, una asociación de padres de niños discapacitados fundada en los años de la revolución, y conocía bien a la gente allí. A la mañana siguiente, sin decirle nada a Guadalupe, metí el casete en la guantera del Lada rojo, herencia de mis años en la revolución, y fingiéndome a mí mismo que me había desviado de mi camino por distraído, fui a dar las oficinas de la asociación en el barrio Bolonia.

Desde que traspuse la puerta me sentí pendejo, sin saber cómo iba a explicar aquel capricho tan ocioso a gente que ocupaba el día en asuntos urgentes y concretos. Pero ya no había tiempo de devolverse; podía plantearlo como algo profesional, relacionado con mi oficio de cineasta. Por una excelente casualidad, el director ejecutivo terminaba de sacar unas fotocopias en la máquina que está en el pasillo, y al verme me invitó a pasar a su oficina.

Hablamos primero de mi documental. Me contó que lo estaban traduciendo al inglés, con financiamiento canadiense, y comentó lo bueno que sería filmar otro, no propiamente sobre la institución sino sobre los niños discapacitados en sus hogares, su vida en familia con sus padres, con sus hermanos; y así caímos en el tema de los sordomudos.

No se extrañó de mi solicitud, y ni siquiera alcancé a explicársela por completo. Su único hijo de siete años era sordomudo, y su esposa, psicóloga de profesión, se había especializado en el lenguaje por señales, para ayudarlo. Me invitó a cenar con ellos esa noche en su casa, advirtiéndome cordialmente que me debía esa cena por mi documental; veríamos la película y su esposa podría intentar traducirme esas escenas de sordomudos que me interesaban. Lo interrumpí para explicarle que no, no eran escenas de sordomudos, pero él no quiso seguir oyendo, nos veríamos en la noche en su casa, a las ocho. Y que no olvidara llevar a mi esposa.

Mi compañera, debería haberlo corregido, como se estilaba decir en tiempos de la revolución; fiel a esa herencia olvidada, Guadalupe nunca se siente bien bajo el apelativo de esposa, porque es, insiste, como si se viera con los grilletes puestos en pies y manos.

—¿Cómo te fue? ¿Van a ayudarte? —me preguntó desde su cubículo al verme entrar en la oficina. Ella es la gerente general, la telefonista, la cobradora y la editora en nuestra empresa de filmaciones; en estos tiempos de globalización, todavía pescamos algunos spots publicitarios de cigarrillos y cerveza, aunque cada vez más los traen ya enlatados.

No tenía caso seguirle ocultando nada, y además estaba invitada a la cena.

—Ahora sí sonamos —me dijo con sonrisa maliciosa—. Imagínate esa sesión, tener que explicarles que se trata de tus padres, y que andas averiguando qué es lo que se decían con la rubia y el morocho. Van a pensar que no quieres dejar a tus pobres papacitos descansar en paz.

Le devolví una sonrisa tardía que no me duró mucho. Aunque no lo decía en serio, tenía razón. Al querer descubrir lo que estaban diciendo mis padres en el decorado silencioso de una vieja película, y mala por añadidura, que sólo a fanáticos cinéfilos de medianoche podía interesar, yo estaba inquietándolos en sus tumbas, removiendo sus huesos de alguna manera, perturbando su sueño. Y sus secretos.

Por el momento había decidido no enterar a nuestros anfitriones que se trataba de mis padres. Y esa noche volví a poner el casete en la guantera del Lada y nos fuimos a la cena, que discurrió de manera agradable, lejos de la perspectiva que Guadalupe se había imaginado, como una plática aburrida sobre métodos de enseñanza especial. Era una pareja muy joven, y el infortunio de tener un niño discapacitado lo llevaban con decoro, buscando comportarse con una naturalidad valiente, sin dramatismos.

Al comienzo de la cena el niño vino a darnos las buenas noches, metido en una pijama de una sola pieza con el perro Pluto en la pechera, en las orejas los aparatos de sordera color carne, demasiado grandes e inútiles, por lo que yo podía entender, porque se trataba de un caso sin remedio. La madre le habló y él permaneció con la vista fija en el movimiento de sus labios; y lo que él tenía que responderle se lo dijo por señas, unas señas rápidas, eficaces, fruto de un buen entrenamiento. La madre le explicó quiénes éramos, yo había hecho la película *Camino a la esperanza* sobre Los Pipitos, y el niño le respondió, según ella nos tradujo, que la había visto, todos sus compañeritos la habían visto también. Me sonrió de soslayo y se fue.

Pasamos a la salita del lado que hacía de oficina, donde el televisor, que habían traído seguramente del dormitorio junto con la casetera, estaba colocado sobre un escritorio metálico, empujado contra el librero para dejar espacio a las mecedoras abuelita arrastradas desde el corredor. Les advertí que no teníamos por qué llegar hasta el final de la película, bastaba con las escenas de cabaret, que eran las que a mí me interesaban; pero él dijo que a lo mejor le gustaba, no acostumbraba ver mucho cine mexicano. Sus preferidas, agregó, eran las de Indiana Jones; y entonces estuve seguro de que se iba a aburrir.

Ella vino con una libreta de resorte y un lapicero que se colocó en el regazo, y con las rodillas muy juntas esperó a que el marido pusiera el casete, que primero hubo que rebobinar. Los trazos de prueba, que de manera distraída hacía en la libreta, eran de taquigrafía.

Entonces empezó a correr la película, unos arañazos primero sobre el fondo negro y después un estallido dramático de música sinfónica mientras pasaban en cilindro los títulos dibujados con letra caligráfica.

A medida que se aproximaban las escenas del cabaret, más que ver la película yo vigilaba a la pareja, pero la vigilaba sobre todo a ella. De ella dependía que aquella sesión extraña para todos tuviera algún sentido para mí, aunque ella no llegara a saberlo nunca; si no averiguaba nada que justificara mi curiosidad, me iba a sentir ridículo. Ya me estaba poniendo colérico de sólo sospechar mi bochorno.

Él, librado de la cortesía en la penumbra, comenzó por limpiar los anteojos y se distrajo rápido; ella, siempre las rodillas muy juntas, esperaba con atención profesional, tras haberle pedido al marido que me entregara a mí el comando.

El cabaret apareció visto desde fuera y su imagen sórdida no correspondía en nada a la de dentro. Vendedores de lotería, un puesto de tortas, una pareja de policías; llegaba un Buick, se bajaba Antonio Badú, esperaba fumando en la puerta hasta que por la acera húmeda de lluvia se acercaba caminando Meche Barba envuelta en un abrigo de pieles y muy cargada de joyas; la tomaba del brazo y, sin decirse nada, entraban. Ella era la esposa infiel, casada con un millonario de viaje por los Estados Unidos, y él su amante, un gángster que la chantajeaba.

Con el dedo sobre el botón de pausa yo aguardaba el momento inminente en que la cámara se abriría sobre la concurrencia del cabaret, después de que los protagonistas principales se sentaran a su mesa al lado de la baranda del mezanine. Mi anfitrión, tras recostar la cabeza contra el respaldo de la mecedora, una mano en el entrecejo, dejaba colgar la otra en que tenía los anteojos; por el contrario, ella se había adelantado en la mecedora, manteniendo los balancines en el aire, atenta igual que yo. Igual que Guadalupe.

—¡Allí! —se oyó decir a Guadalupe, en un tono exagerado que no dejó de molestarme.

Pulsé el botón, y la imagen de mi padre quedó congelada en el momento en que aplastaba la colilla en el cenicero sin dejar de mirar a la rubia. Puse de nuevo la cinta en movimiento. Ya estaba mi padre diciéndole algo a la rubia, y algo le contestaba ya la rubia. Volví a congelar el cuadro. Como ocurre siempre cuando uno ve muchas veces una misma imagen, iba descubriendo más detalles, gestos más nítidos. El cenicero tenía el emblema de Cinzano. La boca de mi padre se apretaba en una mueca triste, y no se necesitaba mucha imaginación para comprobar que estaba punto de llorar. La rubia lánguida lucía un collar de perlas falsas de tres vueltas. Y era obvio que estaba escuchando una confesión, extrañada y a la vez compadecida de lo que oía. Quería consolarlo, pero su papel de extra no se lo permitía.

Con un gesto del lápiz ella me pidió que volviera la película al mismo punto. Mi padre aplastaba el cigarrillo, hablaba, la rubia le respondía, y ella volvía a anotar en su libreta, a grandes trazos, sin dejar de mirar a la pantalla. Entonces sentí de pronto que empezaba a desgarrarse una intimidad molesta, que yo no quería ver expuesta ni aun frente a Guadalupe; pero, a pesar de mi disgusto, la sentía penetrar junto conmigo, llena de avidez, en el trasfondo de aquella superficie borrosa que se movía como un telón viejo.

Congelé la imagen y puse los ojos en la libreta. Pero al descubrir mi mirada, ella me dijo que mejor le gustaría presentar todos los resultados hasta el final.

—Puede ser que en los diálogos siguientes encuentre claves que me ayuden a aclarar lo que ya hallé en éste —se justificó, con timidez.

—Es lo mejor —me susurró al oído Guadalupe, que se había puesto de rodillas junto a mí, y en aquel susurro, en el que había miedo a lo inevitable o ganas de darme consuelo, otra vez sentí que estaba ya de este lado, del lado que yo no quería.

—Sí, es mejor —repetí yo mecánicamente en voz alta. El anfitrión se despertó, lleno de susto por su propio ronquido, y me sonrió, azorado.

Seguimos adelante. Ahora el morocho se inclinaba para darle fuego a mi madre. Su encendedor era grande y pesado, de tapadera, y la llama se elevaba perpendicular hasta quemar el borde del cigarrillo, e iluminaba el rostro consternado de mi madre. Reconocí el lunar junto a su boca, que ella solía destacar con un toque del lápiz de cejas. En el rostro del morocho, en cambio, lo que adiviné fue cobardía. La mano que sostenía el encendedor le temblaba y sus ojos un tanto saltones ayudaban a realzar su cara de susto, y sobre todo porque los focos caían sobre él a contraluz.

Me fijé en los labios del morocho todas las veces que hicimos retroceder la cinta. No dijo nada. Sólo mi madre habló, una vez que tuvo el cigarrillo encendido, sosteniéndolo con garbo entre los dedos antes de darle una profunda chupada y sacar el humo por las narices. Era algo que debió haber dicho en voz muy baja; nadie que viera esa película entonces, ni tantos años después, podría oírla hablar; pero en el set sí, los vecinos de mesa, para empezar.

Ella, sentada a mi lado, sí estaba oyéndola mientras apuntaba en su libreta. Durante la cena me había explicado que para leer las palabras en los labios no importan los gritos o los susurros, tan sólo basta el movimiento.

Las dos escenas del baile en la pista las vimos muchas veces, hacia adelante y hacia atrás. Al empezar la última, mi madre bajaba del mezanine del brazo de su pareja y quedaban por un instante en primer plano frente a la cámara fija. Yo congelé por mi cuenta el cuadro, que la noche anterior me había pasado inadvertido, y pude examinar de cuerpo entero al morocho. Todo me repugnaba en él, la corbata de floripones, el largo saco casi hasta las rodillas, los pantalones flojos como enaguas. Y sobre todo, su aire de cobardía.

Pulsé el botón y los dejé bajar para que fueran a perderse entre las parejas. Pasaba bailando mi padre con la rubia, fuera de foco. Las parejas abandonaban la pista. De vuelta en las mesas, mi madre se sentaba a la suya y el morocho ya no estaba.

Todavía pidió ella ver corrida toda la parte del cabaret una última vez, como si quisiera hacerse una idea de conjunto más precisa, y su trabajo tuviera que ver no sólo con las bocas mudas moviéndose, sino también con el escenario que yo creía haberme aprendido ahora de memoria, el estrado de la orquesta con sus colgaduras drapeadas, la pista de baile de ladrillos de vidrio iluminada desde abajo, las barandas de los mezanines artesonadas en crucetas, las mesas con sus lamparitas de sombra que una película en colores mostraría seguramente rosadas, las falsas columnas dóricas adosadas a las paredes.

Agotada la secuencia del cabaret, la película avanzó todavía un trecho, y cuando comenté que habíamos visto lo suficiente, ella se levantó a apagar el televisor, sin darme tiempo de hacerlo yo mismo con el comando. De vuelta en la mecedora suspiró, cansada, y me sonrió, como si se excusara de su fatiga. El marido se había levantado ya hacía rato al baño, tardaba en volver, y Guadalupe me miró con cara de sospecha juguetona, a lo mejor se había acostado. El niño lloró de pronto, como asustado en sueños, con un llanto gutural, amordazado. Ella se puso de pie, el oído atento, dispuesta a ir a socorrerlo, pero el niño se calló y el silencio que siguió sólo fue roto por el tanque del inodoro que se descargaba.

Iba a ser medianoche, la operación tardaba más de lo que yo había calculado. Guadalupe, de pie detrás del espaldar de la mecedora puso sus manos en mis hombros y presionó, dándome masajes cariñosos.

Ella entonces, de nuevo en su sitio, pasó rápidamente las páginas llenas de signos de taquigrafía, subrayó algunas líneas, con aire distraído, y me miró, otra vez sonriente, mientras golpeaba la libreta con el lápiz; y entendí lo que quería decirme con esa sonrisa, que ahora era despreocupada, y que yo le devolví, intentando ponerme de acuerdo con ella: cualquier cosa que hubiera ocurrido entre aquellos viejos fantasmas de la película copiada de los reels originales en una cinta master de video y vuelta a copiar, no nos concernía; ni a ella que tenía a un hijo sordomudo, ni a mí que tenía una filmación del spot de los cigarrillos Belmont al día siguiente a las ocho en la playa de Montelimar.

—¿Entonces? —la urgió Guadalupe detrás de mí, con muy poca cortesía.

—Lo que yo he sacado en claro… —empezó ella.

—El hombre del traje traslapado le ha dicho en la mesa a la rubia: "mi esposa me engaña". Y la rubia le ha contestado: "no puede ser" —dije yo, interrumpiéndola.

Las manos de Guadalupe se quedaron quietas sobre mis hombros.

—Más o menos —dijo ella, un tanto frustrada, y leyó sus signos en la libreta—: el hombre del sombrero ha dicho: "Marina me engaña". Y la rubia ha dicho: "No creas".

Marina, mi madre. Las uñas de Guadalupe se clavaron en mi piel. Ella volvió a su libreta.

Cerré los ojos y tampoco ahora le di tiempo.

— "La rubia dijo: ¿qué piensas hacer?". Y el hombre del traje traslapado respondió: "voy a matarlo" —dije, como si hablara en el sopor del sueño.

— "¿Qué vas a hacer, Ernesto?", ha dicho la rubia. Y él ha respondido: "Voy a matarlo, ando armado" —me corrigió ella, con desánimo.

Ernesto, mi padre. Ella dio vuelta a la página.

—La mujer de los bucles, la que fuma, le dice al moreno de pelo rizado… —dijo ella.

—La mujer de los bucles, la que fuma, es Marina —dije yo.

Ella me miró sin comprender.

—Le dice: "Voy a tener un hijo", dije yo.

—"Estoy embarazada" —leyó ella.

Yo pensé entonces. ¿Qué pensé? El morocho se había ido, mi madre sola en la mesa, reteniendo las lágrimas a las que no tenía derecho como extra. Y mi padre incapaz de matar a nadie. Era una mentira que anduviera armado, nunca aprendió a disparar una pistola; si lo exiliaron fue por escribir en el periódico que Somoza era peor que Dillinger.

Entonces regresó el anfitrión. La casetera se había trabado y no me devolvía la película; él dijo que iría por un destornillador y yo le dije que no, no valía la pena, mañana, ya se había hecho muy tarde. Sólo pedí permiso de pasar al baño, y ella corrió delante de mí a asegurarse que la toalla estuviera limpia. El baño comunicaba con el cuarto del niño, y por la puerta entreabierta lo divisé dormido.

Eran pasadas las doce cuando salimos a la vereda. Sentí los dedos de la mano de Guadalupe que buscaban entrelazarse a los míos, y yo seguía resistiéndome a su intimidad, vaya Dios a saber por qué. El pequeño Lada rojo parecía distante, como si nunca fuéramos a alcanzarlo caminando.

¿Llovía desde hacía horas y era acaso ya noche cuando entraron por el portón de la casa de vecindad de General Zuazua, empapados los dos y sin haberse dicho una sola palabra desde que salieron de Churubusco, cambiando de trole en silencio en las paradas, y sacó mi padre del bolsillo el llavero de cadena, torpe como nunca para encontrar la cerradura bajo la luz mortecina de la lámpara del corredor, un globo esmerilado sucio de cagarrutas, demasiado lejano, y apenas se vio dentro de la pieza no halló que hacer, no quería voltearse porque sabía que ella permanecía aún en el umbral, sin querer entrar, y al fin, como quien en un arresto de suprema valentía se asoma a un abismo le dio la cara, y vio su quijada temblar por el llanto que pugnaba por salir, el lunar de la barbilla deslavado por la lluvia, y antes de lanzarse al abismo cerró los ojos, y fue que se arrodilló y la abrazó por las piernas mientras ella lloraba ya entre sollozos convulsivos, iba a gritar seguramente, un alarido, y él entonces se incorporó, y le cubrió con la mano la boca mojada de lluvia y de lágrimas, la sosegó, y sin hallar otra cosa más que hacer le alisó el cabello, y sintió en la mano la laca de su peinado de extra de cabaret ya deshecho?

La escena de perdón y de olvido entre mis padres sólo yo podía imaginarla. Y sólo yo podía imaginarme en la barriga de mi madre en el largo viaje por tren en el vagón de tercera hasta Tapachula, y de allí en buses, una noche en una pensión en Quezaltenango, otra en Santa Ana, la última en Choluteca, para venir a nacer en el Hospital General de Managua, porque hubo necesidad de un fórceps. E imaginar a mi padre, tras el perdón y el olvido, proclamando en las casas del vecindario que me pondría su mismo nombre, Ernesto. Y el morocho aquel tan infame, ¿cómo se llamaría?

—Todo como en tus películas mexicanas —le dije a Guadalupe, cuando encendí al fin la ignición.

Ella sólo puso su mano en mi rodilla.

*Managua, enero-junio-diciembre de 1999*

Todo empezó la mañana en que al llegar a su bufete de abogacía del Gran Hotel encontró sobre su escritorio una carta en la que una mano anónima le informaba que su esposa le era infiel. Era uno de esos sobres de manila con una ventana transparente, de los que sirven para enviar estados de cuenta bancarios, y tan manoseado que se veía a las claras que no era el primer uso que tenía. La carta ocupaba las cuatro carillas de un pliego de papel de oficio y estaba escrita en el tono impersonal de los reportes judiciales, aunque al final concedía un toque amable: *le digo todo esto porque usted me cae bien, suya, una amiga sincera.*

Una amiga sincera. Pero no era una letra femenina. Antes de seguir leyendo, vino con la carta en la mano a la puerta para preguntarle al mandadero del bufete, el que iba por timbres y papel sellado, quién la había traído. El muchacho estaba sentado en el rellano del dintel contando los Ford que pasaban. Había un premio para quien anotara el mayor número de placas de carros Ford.

Al oír que el abogado lo interrogaba se puso de pie, en señal de respeto, y le describió al portador de la carta como un hombre moreno, con ligas en las mangas de la camisa recién planchada, y tuerto, porque uno de los vidrios de sus anteojos era ahumado y el otro no. Tenía un colmillo de oro y había llegado en bicicleta. Cuando sintió que no tenía nada más que informar, volvió a acomodarse en el dintel.

Regresó a su escritorio y se sentó, sin despojarse del saco ni del sombrero, y los resortes del sillón chirriaron como si de un momento para otro hubiera aumentado de peso. El calor también parecía haber aumentado de pronto, a pesar de que el ambiente se oscurecía con la inminencia de la lluvia. Pero el esfuerzo de conectar el enchufe del abanico de aspas de fierro situado al pie del escritorio le pareció excesivo, y tampoco hizo intento de aflojarse la corbata, ni de sacarse el sombrero.

La carta estaba escrita con un lápiz de ceba filosa, como podía advertirse por los trazos que a veces rasgaban el papel. La releyó una y otra vez, volteando las hojas de tenues rayas azules, y sus ojos se quedaron fijos por un largo rato en la última página, en la última línea, una amiga sincera. Pero ya no leía. La carta goteaba desde el fondo de su cabeza en un dictado sucio e implacable, y tuvo la sensación de que se la había aprendido de memoria desde mucho tiempo atrás y podía recitarla de corrido sin tropezar una sola línea.

Se meció suavemente en el sillón de resortes, con tristeza opresiva, las manos en las sienes. Así, abatido, sintió que se parecía al hombre macilento que contempla los pagarés inservibles acumulados frente a sus ojos, uno de los dos personajes de la lámina que colgaba en la tienda de mayoreo de Genaro Quant, su cliente del Mercado San Miguel, enmarcada en una gruesa moldura como si se tratara de una estampa religiosa. El gordo que siempre vendía al contado aparecía feliz en la otra mitad de la lámina, fumando un puro habano, y detrás suyo la caja fuerte rebosante de billetes de banco.

El olor a canela, comino y frambuesa de la tienda de Genaro Quant vino a sus narices. A las once de la mañana todavía seguía sin moverse del escritorio, y el viento, que soplaba en ráfagas sonoras desde la sierra deshojando los eucaliptos del Parque Central, se llevaba las nubes oscuras hacia la otra ribera del lago, más allá de San Francisco del Carnicero. El sol chispeaba otra vez sobre el pavimento y desde la puerta el mandadero seguía contando los Ford.

Por encima del chapoteo de la piscina que llegaba tras la puerta clausurada del fondo del bufete, empezaba a sonar como siempre a esa hora el piano melódico del maestro Raúl Traña Ocampo. Los sábados, cuando él se presentaba en cuerpo de camisa para despachar hasta el mediodía, era Sadia Xilú acompañada por la orquesta *Champú de Cariño* la que cantaba en las tertulias bailables del Gran Hotel. Entonces ordenaba por teléfono una cerveza, que el mesero de corbatín le traía con un platito de maní húmedo de sal.

Las once era también la hora en que se presentaba *El Colega*, su compañero de bufete; y apenas lo oyó entrar, dando sus buenos días tardíos pero siempre jubilosos mientras iba a colgar el sombrero en la capotera, un *buenas buenas* repetido con entonación de zalema, escondió con premura la carta debajo de los expedientes que llenaban el escritorio y lo miró con sonrisa de cordero degollado.

Era un lunes de octubre. *El Colega*, herido por las huellas del desvelo, flotaba en su traje de lino martajado y olía siempre a lirios viejos, como si viniera saliendo de la iglesia, aunque jamás entraba a una. Era su olor de resaca. Frisaba los cincuenta años y parecía un colegial envejecido.

Una vez que recibían a unos clientes canadienses de Nueva Escocia que buscaban una concesión minera en Raitapura, territorio de la costa atlántica, y *El Colega*, que quería impresionarlos, se puso de pie para pasearse por la oficina mientras les leía, altisonante, el documento de solicitud de exploración ya mecanografiado en papel sellado, les dio de pronto la espalda y entonces se vio que tenía el pantalón embadurnado de sangre, sangre fresca de hemorroides abiertas que todavía brillaba. ¿Por qué se estaba acordando ahora de aquel incidente penoso? Los canadienses se habían mirado sombríos, sin hallar qué hacer, y fue él quien, buscando un disimulo que no era posible, se puso de pie, le habló al oído y lo empujó suavemente por el codo hasta sacarlo a la calle, donde lo metió en un taxi. Y todavía corrió tras el taxi en marcha y alcanzó a quitarle los papeles que se llevaba consigo en el azoro, para seguir él con la lectura.

*El Colega*, restregándose las manos, fue a abrir el cajón de su escritorio donde guardaba su provisión de Black and White. Sacó una botella ya empezada, junto con un vaso de propaganda de la Sal Andrews, pero al final despreció el vaso y se decidió a beber del gollete. Era su primer trago de consuelo a la resaca ese día. Tenía los ojos de un color azul desvaído, casi aguado, y los párpados, al cerrarlos con fruición, mostraron un enjambre de venas rojizas que se repetían en la nariz tumefacta. En el piano, al otro lado de la puerta clausurada, sonaba la samba *El Tico Tico*, insistente, como si no fuera a terminar nunca.

—¿Conocés a un tal Manrique Umaña? —le preguntó, mientras lo veía dudar sobre la utilidad del vaso, dispuesto ya al segundo trago.

*El Colega* al fin escanció la botella, meticuloso, como si se tratara de trasegar una medicina, y se acercó, con el vaso en la mano, lleno hasta la mitad. En el camino pareció reflexionar.

—Si es el mismo en el que estoy pensando, su abuelo mató al mío —dijo.

El cuerpo seguía pesándole hasta la inmovilidad, y no tenía ánimo de escuchar embustes. *El Colega* se perdía siempre en invenciones, elaboradas de manera meticulosa en el mismo acto en que iba contándolas. Pero se dejó seducir como otras veces, y no supo a qué horas le estaba diciendo:

—¿Cómo fue eso?

*El Colega* se sentó a medias sobre el escritorio. Quiso limpiarlo antes de papeles, pero él se lo impidió con un tenso gesto de desaprobación. Sus manos extendidas sobre el pliego de la carta seguían ocultas entre el rimero de legajos.

—Lo que voy a contarte pasó en 1907 —le dijo *El Colega*, y apuró el vaso sin respiro—. El doctor Leonte Umaña, ministro de Hacienda del general Zelaya, tuvo que viajar a Londres a negociar el empréstito con la banca Ethelburga, que se necesitaba para construir el canal por Nicaragua. Antes de irse le pidió a mi abuelo, su íntimo amigo, que era el ministro de Justicia y Policía, que velara por su esposa mientras duraba su ausencia. Muy bien veló mi abuelo por ella. La sedujo y la hizo su amante. Cuando el doctor Umaña regresó, ella, arrepentida, desde el primer momento se lo contó todo. Entonces, sin esperar siquiera a que llegaran de la estación del ferrocarril los baúles del viaje, se armó de un revólver y se vino a buscar a mi abuelo a su casa. Aquí mismo, donde estamos. Aquí quedaba la casa de mi abuelo. Después construyeron este hotel.

—Vino a buscarlo para matarlo —dijo él.

—¿Para qué otra cosa?—dijo *El Colega*—. Lo encontró en el corredor, podando las rosas de los canteros. Por todo saludo, desde lejos le dijo que ya lo sabía todo y que se encomendara a la Divina Providencia.

—¿Entonces? —dijo él. Las manos le sudaban copiosamente bajo los expedientes y la carta anónima empezaba a humedecerse.

—Entonces mi abuelo, que era socarrón, sin dejar las tijeras de podar le dijo que para qué se angustiaba, si quería consuelo por lo ocurrido, allí estaba su propia esposa, que se la ponía a la orden. Imagínate, le ofreció a mi abuela como compensación —dijo, sin poder contener la risa.

—Ya estás inventando —le dijo él.

—Todo salió en los periódicos. El criado que le ayudaba a mi abuelo a podar los rosales lo declaró en el Juzgado del Crimen. Me acuerdo del nombre de ese criado: Temístocles Calero. El doctor Umaña, por toda repuesta, sacó el revólver y le pegó dos tiros a mi abuelo. El criado se vomitó del miedo sobre los rosales. Pero eso no es todo.

—¿Se dio a la fuga?

—No, de ninguna manera. Cuando mi abuelo se llevó las manos al pecho, los ojos llenos de sorpresa al ver que las tenía empapadas de sangre, y ya iba a desplomarse, el doctor Umaña corrió a su lado para sostenerlo y con todo cuidado lo ayudó a acomodarse en el suelo.

—Puras payasadas tuyas —le dijo él, hundiéndose bajo el peso de antes. Era como si la mano que lo había sacado a flote por unos momentos, volviera a soltarlo con violencia.

—Tratándose de mi propio abuelo, no voy a estar inventando —dijo *El Colega*, muerto de risa—. Expiró en brazos del doctor Umaña. Y en su declaración judicial, ya reo, aclaró que el gesto de sostenerlo para que no cayera, no mostraba ningún arrepentimiento de su parte. Era una cortesía de amigo, de caballero.

Se rió de nuevo. Sus dientes amarillos tenían el color de viejas bolas de billar. Puso el vaso a trasluz, como extrañado de que hubiera quedado vacío.

—El hechor salió de la cárcel por órdenes de Zelaya, pero pasó al ostracismo, y los Umaña ya sólo vieron la ruina económica; y aunque pobres y hechos mierda, mi padre nunca aflojó en su inquina contra ellos, ni ellos contra nosotros. En mi casa, el asunto siempre se estaba remojando. Un día, a la hora del almuerzo, yo dije que mi abuelo había tenido la culpa, y mi papá me cruzó la cara de una bofetada. Nunca más volví a opinar.

—¿Y este Manrique Umaña, su nieto? —le preguntó él, a pesar de sí mismo, braceando en su sopor. Una infinita pereza lo cubría de pies a cabeza. Sólo tenía ganas de hundirse en una larga siesta en un aposento sin ruidos.

—Un pobre diablo. Trabaja en la Dirección General de Ingresos, de mecanógrafo, un puesto que le dio personalmente Somoza, sólo por ser de una familia liberal. A mí ese asunto tan viejo, la verdad que ni me va ni me viene. Si tuviera él una hermana bonita, le propondría matrimonio. Pero es hijo único, por desgracia.

Ahora la risa de *El Colega* buscaba ser contagiosa, pero él lo que quería era dormir. ¿Qué muchacha bonita iba a querer casarse con *El Colega*? Un día cualquiera iban a reventarle las várices del esófago; el médico que lo trataba, amigo de los dos, le había hecho esa confidencia. Las hemorroides sangrantes eran sólo una señal de la cirrosis.

—¿Cómo es él? —le preguntó.

—¿Umaña? ¿Has visto a Emilio Tuero en las películas? —le dijo mientras iba con el vaso en busca otra vez de la botella de Black and White.

—Lo he visto en *Quinto patio* —le dijo, y aprovechó para meter la carta en la gaveta del escritorio, sin dejar de mirarlo, con miedo de ser descubierto, como un ladrón inexperto.

—Pues así como Emilio Tuero, muy bien parecido, sólo que renco. Le dio poliomielitis cuando tenía doce años.

Un empleado público. Un cojo de camisa almidonada y corbata de esas que ya venían listas, con el nudo hecho, colgadas de un collar elástico. Cojeando la llevaba del brazo por la calle, un pesado tacón ortopédico que sonaría a cada paso como una muleta. La carta anónima describía cómo iba vestida ella cada vez, y él había identificado todos aquellos vestidos, los conocía desde que empezaban a salir de manos de la costurera que cuando regresaba él a la casa para almorzar, seguía trabajando en un rincón de la sala, apartados los sillones de mimbre bajo sus fundas de manta para dar lugar a la máquina de coser.

Al Teatro Salazar del brazo de Umaña, a tanda de cinco de la tarde, vestido azul con florecitas amarillas, para ver *La Rosa Blanca*, con Tyrone Power. Ese día él se ocupaba de asuntos en León y durmió allá. En el Jardín Cervecero, blusa verde tierno, falda plisada, otro día que él viajó a la costa, con los clientes canadienses. Y en los baños termales de Tipitapa, el cojo ayudándose con las manos a adelantar su pierna inválida antes de bajar del automóvil, ella al volante del Buick, pantalones de gabardina beige, camisa de lunares amarillos. Esa vez, ella visitaba supuestamente a su hermana en Masaya.

Él nunca manejaba ese Buick, ella era la única dueña de las llaves. Salían los domingos a dar una vuelta hasta el Parque de Las Piedrecitas por las calles sin tráfico, y algunas veces se aventuraban hasta Casa Colorada, por la carretera sur. Él ocupaba el asiento delantero al lado de ella, entredormido, respirando el olor a gasolina quemada. El mismo sitio del cojo, que a lo mejor también se entredormía y a lo mejor encendía el radio para buscar boleros en La Voz de la Victoria.

Como si ella lo llamara y él a pesar de su indolencia obedeciera al llamado, giró la cabeza hacia la retratera con marco de mimbre donde estaba su foto tomada en el Estudio A.F. Díaz, y la miró, con ojos suplicantes. Era el único adorno en toda la oficina, fuera del calendario clavado en la puerta clausurada que daba a la piscina, un calendario de la Texaco con grandes números como de ruleta, los días de semana en negro, los domingos y días feriados en rojo.

El rostro plácido descansaba en las manos trenzadas bajo la barbilla, y su sonrisa enigmática ahora le parecía llena de perfidia. Esa idea de la perfidia se insolentó dentro de su marasmo. Sintió por primera vez rabia esa mañana, una oleada repentina, pero luego volvió a la pesadez, a la abulia que cada vez más iba pareciéndose a la tristeza. No estaba preparado para la desgracia, quería decirle a la foto. ¿Pero quién está preparado para la desgracia?, le respondía cínicamente la foto.

La retratera coronaba la caja de hierro de combinación inservible donde *El Colega* metía el plato de chop-suey cubierto en papel espermado que le traían del restaurante chino para mientras daba la una, hora en que solía almorzar. Él, por el contrario, iba siempre a su casa del Barrio San Sebastián para almorzar con ella y dormir después su siesta en la hamaca de manila que colgaba dentro del aposento en penumbra. Sólo tenía que caminar cinco cuadras. El olor de plátanos maduros friéndose en la sartén llegaba hasta la puerta cuando él calzaba la llave en la cerradura, y al abrirla el rumor de la máquina de coser estaba allí, esperándolo también. Un hogar sin hijos. ¿Tenía que ver el adulterio con la falta de hijos?, le preguntó a la foto.

*El Colega*, que había ido dejando a los suyos desperdigados por el mundo, los sentaba en la silleta destinada a los clientes cuando llegaban a buscarlo a la oficina, y se acodaba sobre la vieja máquina Underwood colocada en el escritorio para hablarles de cerca, con más intimidad. Revisaba sus boletines de calificaciones, los regañaba, los amenazaba, les regateaba el dinero para la ropa y los zapatos, y una vez que se habían ido se quedaba hablando maravillas de ellos, con gran regocijo.

—En las mañanas, de mecanógrafo, y en las tardes, de ajedrecista— dijo *El Colega* desde lejos—. Muchos empleados públicos hacen trabajos privados en la tarde. Él no. A la una del día, que cierran las oficinas del gobierno, Umaña ya queda libre de irse a jugar ajedrez al Victory Club.

*El Colega* gastaba también sus tardes sin trabajar, seguramente en las cantinas. Después de almorzar su plato de chop-suey anunciaba que se iba a los juzgados de turno vespertino, y ya no volvía. En la oficina tampoco hacía mucho. Ganaba a veces bien, un solo golpe de suerte; algún cliente extranjero, huésped del Gran Hotel, que necesitaba un trámite de urgencia, como aquellos canadienses que lo habían visto desangrarse. Y entonces, en señal de su bonanza, aparecía con una bolsa de papel manila donde cargaba tres botellas de Black and White compradas en el Casino Militar por intermedio de coroneles amigos suyos.

—¿Ajedrecista? ¿A eso se dedica todas las tardes? —preguntó él, con un dejo de esperanza en la voz.

—Yo no lo ando siguiendo para saber si todas las tardes —se rió *El Colega*—. Pero hasta donde entiendo, se va directo al Victory Club sin preocuparse de almorzar. Allí lo están ya esperando los otros fanáticos del ajedrez. Son como una secta. Se va la luz del día, y ellos sin despegarse de la mesa. No fuman, no beben más que Pepsi Cola sin hielo.

—¿Y qué edad tendrá ese Umaña? —le preguntó.

*El Colega* vino otra vez hacia él, siempre ufano.

—¿Por qué tanto interés? —le preguntó a su vez, mirándolo con seriedad profesional.

—Parece que es muy enamorado —le dijo él, sin darle la cara—. Enamorado de las mujeres ajenas.

Y un amigo mío, digamos un cliente, está interesado en saber de él.

—Increíble —dijo *El Colega*, y elevó los brazos en señal de impotencia—. Esa faceta no se la conocía. O es que más bien lo conozco poco.

—Este amigo cree que su esposa lo traiciona. Con Umaña —le dijo, con temor de oír su propia voz. Y cuando habló, siguió oyéndose hablar, a pesar de que ya había callado.

—¿Entonces, es un caso de divorcio el que tenemos a la vista? —dijo gravemente *El Colega*—. Acordate que los casos de divorcio siempre son míos.

—Puede llegar a ser un caso, si este amigo se decide a entablar la demanda —mintió, ahora con más aplomo.

—Tendríamos que probar el adulterio —dijo *El Colega*.

—Así es —asintió él—. Pero todo lo que hay hasta ahora es una carta anónima.

—¡Un anónimo, nada más! —dijo *El Colega*, descorazonado, y su suficiencia lo encolerizó—. Necesitamos testigos que estén dispuestos a declarar, si no, vamos a perder el tiempo. ¿Puedo ver esa carta?

—Está en poder de mi amigo —dijo él, al tiempo que, a escondidas, ponía llave a la gaveta del escritorio; pero el movimiento de sus manos al hacer girar la cerradura era obvio. El otro no podía dejar de haberlo notado, y al sentirse que estaba actuando con torpeza, se encolerizó aún más.

Su cólera fue apaciguándose para ser sustituida por una lástima muy honda, no sabía si por *El Colega*, alcohólico sin remedio, o por sí mismo. Aunque bien podía ser una lástima que los envolvía igualmente a los dos.

—No tengo esa carta, pero conozco bien el contenido —dijo.

—Bueno, en ese caso, me podés ir adelantando algo del caso —oyó que le decía *El Colega*, y lo vio servirse lo que quedaba de la botella.

Él, igual que Umaña, no fumaba, ni bebía; y la comparación que hacía de sí mismo con aquel rival desconocido lo hizo sentirse humillado. Pero sus méritos iban más allá. Jamás había traspuesto el umbral de un prostíbulo, jamás un desliz. Una pareja inseparable. Entraba con ella del brazo a la misa de once los domingos en catedral, o al cine las tardes del sábado, como decía la carta que Umaña la llevaba también, al golpe de su tacón de madera.

En esas ocasiones, llevándola del brazo, él solía empujarla suavemente por el codo, con delicadeza. Le gustaba observarla mientras caminaban; le gustaba su aire despreocupado, la manera que tenía de andar sin fijarse en nadie, su perfume suave que parecía emanar más de su ropa que de su cuerpo, las hombreras angulosas de sus vestidos, el brillo de sus medias de seda, el reflejo del sol en el charol de sus zapatos de tacones filosos.

Y se preguntó para qué putas había hecho méritos de bien portado en la vida, si ahora resultaba que ella lo engañaba con un pendejo mecanógrafo. Un renco ajedrecista que no toleraba ni hielo en su vaso de Pepsi Cola mientras estudiaba sus jugadas, atento a un reloj de manecillas que nunca avanzaban. Y recordó, de golpe, que ella no tenía aún cuarenta años, y él, mayor que *El Colega*, dejaba atrás los cincuenta. Y otra vez, mirando al retrato, también recordó que ya no tendrían nunca hijos.

Y sin dejar de mirar al retrato pensó también que podía tratarse sólo de una historieta fabricada para perjudicarlo. En la profesión de abogado, entre litigios, uno se ganaba muchos enemigos. El tuerto de la bicicleta. Con sólo saber quién era aquel tuerto de la bicicleta, podría llegar al autor del anónimo.

—¿Entonces? —lo urgió *El Colega*.

Valía la pena esa prueba final, contarle paso a paso lo que decía la carta. *El Colega* era astuto. Guardaba su diploma de mejor alumno de la Facultad de Derecho de la extinta Universidad Central de Managua en el cajón del escritorio, junto a la provisión de whisky, desde que se había caído de la pared al ceder el clavo, quebrándose en astillas el vidrio. Irresponsable y fracasado, pero astuto. Creía en sus opiniones. Con su ayuda podía llegar, a lo mejor, a la conclusión que lo volvería a la vida de antes: que todo era pura mierda, una farsa, un invento. Que nada de lo que decía la carta valía la pena de ser tomado en cuenta.

Entonces le pidió que se sentara frente a él, con formalidad, en la silleta destinada a los clientes, como *El Colega* mismo solía hacer con sus hijos dispersos. Y, paso a paso, fue relatándole los hechos, como si estuviera leyendo la carta. Fechas, circunstancias, horas, lugares. Los estilos y colores de los vestidos de ella. Aquellos que los vieron entrar o salir de cada lugar. El autor del anónimo había visitado a los testigos en sus propias casas, boleteras de cine, meseras, porteros. Se guardó, claro, de darle la marca y el número de la placa de su propio automóvil Buick, que aparecía en todas las citas; y al final, hizo un nuevo recuento en su mente y volvió a enlistarle los hechos. Estaba todo.

*El Colega*, que lo había escuchado con severa atención, se paseaba ahora lentamente, las manos en los bolsillos del pantalón, contemplando de lejos la botella vacía de Black and White.

—Tenemos un caso —le dijo, al fin, suspirando, como si se sintiera aliviado—. Olvidate del Jardín Cervecero, del Teatro Salazar, de los baños termales de Tipitapa. Que hayan ido a un cine, a un restaurante, a un balneario, nada de eso nos sirve en los juzgados. Lo único importante está en que por lo menos cinco veces se quedaron toda la tarde en el Hotel Majestic de Diriamba. Según esa carta, ya tenemos el nombre del empleado que los apuntó en el libro de pasajeros, el nombre del portero que les llevaba las bebidas al cuarto. Hasta lo que pidieron de beber sabemos.

Las fechas que correspondían a esas cinco veces del Hotel Majestic calzaban con las dos semanas que él tuvo que viajar a Costa Rica como asesor del ministerio de Relaciones Exteriores, para unas negociaciones sobre el amojonamiento de la frontera.

—Puede ser una mentira —se atrevió a decir todavía, sin convicción. Sentía que traspasaba un umbral, y que ya no volvería atrás porque la puerta se cerraba a sus espaldas con un golpe pesado. Y la voz de *El Colega*, lejana, confusa, también se quedaba atrás. Había un caso. Bastaría un careo entre los hechores y los empleados del Hotel Majestic.

De la pesadumbre, de la modorra, pasó a una lucidez nerviosa, a un impulso que no lo dejaba quieto. Ya no se trataba de pensar, sino de hacer. Algo estaba obligado a hacer.

—Tendría que ser una mentira colosal, muy bien hilvanada —dijo *El Colega*, y se rió de manera compasiva—. No. Las mentiras son más vagas. Aquí no hay escape.

—Si vos fueras ese cliente, ¿qué harías? —le preguntó, sin muestra de vacilación—. ¿Divorciarte?

El pianista terminaba de tocar, y venía su pausa de media hora para el almuerzo. No debía haber mucha gente en las vecindades de la piscina, porque los aplausos con que lo despedían eran pocos y sonaban rítmicos, desganados. Tras cerrar la tapa del piano color marfil, estaría dirigiéndose a la pequeña mesa preparada para él bajo uno de los parasoles listados de verde. Junto con el almuerzo, equivalente al que comían los empleados, le llevaban una botella de cerveza nacional. Así rezaba el contrato; él era el abogado del hotel y lo había redactado. Ahora el pianista se sentaba en la silla de fierro y el agua de la piscina relumbraba en la luz del mediodía, ya el cielo limpio de nubes de lluvia.

—Yo le pegaría un tiro a ese renco —dijo *El Colega* —y se tocó los bolsillos del saco, como en busca de un arma. Después bostezó, sin dejar su risa, que estallaba en espasmos cada vez más espaciados, y miró una vez más la botella vacía, con lástima.

Se acercaba la una y *El Colega* anunció que se iba a los juzgados vespertinos. Hoy no tenía ganas de chop-suey, dijo. Pero se comería antes unas bocas, si se le antojaba un trago en el camino. Unas salchichas en El Gambrinus, por ejemplo.

Entonces él miró su reloj. Supo que si apuraba el paso aún tenía tiempo de caminar las cinco cuadras hasta su casa, entrar al aposento, sacar la pistola del ropero, y regresar hasta la Plaza de la República a la hora de la salida de los empleados públicos.

La esposa se ocupaba en la cocina de los últimos arreglos del almuerzo y no advirtió su llegada, ni tampoco su salida, a paso agitado. Sólo la costurera lo vio irse, mientras cortaba con la boca el hilo de un hilván del vestido recién terminado, un vestido de chifón azul con magnolias blancas estampadas.

Jadeando llegó a la Plaza de la República y se situó al pie de la escalinata del Palacio Nacional. Bajo el sombrero sentía el cabello empapado, y le cosquilleaban las axilas. El reloj de la torre de la catedral dio una sola campanada. Era la una en punto. Entre el fragor de pasos apresurados, las pláticas, los gritos de los vendedores de lotería, los pitazos de los taxis, distinguió el golpe del tacón. Aquel Emilio Tuero insignificante venía bajando penosamente las gradas, como si a cada impulso estuviera a punto de caer.

Subió los tramos de la escalinata que le faltaban para llegar hasta él, con energía, y lo miró a los ojos. Sacó el revólver y apretando la mano contra su costado, le disparó tres veces. Era la primera vez en su vida que disparaba aquella arma.

El otro le devolvió hasta entonces la mirada, sorprendido, una sorpresa en que se le iba la vida. Vaciló, y cuando iba a desplomarse, corrió hacia él y lo detuvo en su caída, sin soltar el revólver. No era fácil aguantarlo, pesaba un mundo.

Ahora estaba de rodillas, sosteniendo por la espalda al moribundo que desfallecía en sus brazos, y miraba a todos los que lo rodeaban, rostro por rostro. La gente, temerosa de acercarse, lo vigilaba con asombro, formando un círculo perfecto.

Y cuando todos se apartaban para dejar paso a los dos policías que subían las gradas a la carrera, haciendo sonar sus silbatos, junto a la cuneta vio entonces una bicicleta. Un ojo lo miraba, fijo, el otro tras un parche oscuro. Y al lado del tuerto *El Colega* lo contemplaba todo como si se tratara de un espectáculo lejano, la mano en el manubrio de la bicicleta.

*Managua, julio-septiembre de 1998*
*Arlington, mayo de 1999-Managua, diciembre de 1999*

## Un bosque oscuro

*A Héctor, a Ángeles*

El Cadillac descapotable quedó abandonado entre la hierba que un día llegó a cubrir su herrumbre y fue por muchos años un monumento a la desidia de los hombres. Y a su fortuna efímera.

Sucedió que la familia se vio de pronto descabezada, porque aquel que la sostenía con decente holgura murió de madrugada mientras ordeñaba una vaca en el corral de la casa. Cayó doblado entre las patas del animal y la leche recogida en el balde se regó entre la boñiga.

El afán inmediato de la viuda fue voltear los cuadros en las paredes y cubrir los espejos. No lloraba a grandes gritos, pero lloraba, mientras miraba los cuadros con reproche antes de ponerlos al revés, y contemplaba en los espejos su propio llanto antes de cubrirlos. Esos cuadros después fueron vendidos, y los espejos también.

El cadillac rojo Corinto relumbraba entre las nubes de polvo de las calles llevándose consigo las risas de sus ocupantes. Fue una decisión de los hijos comprarlo cuando empezaron a liquidar las propiedades de la herencia. La viuda que lloraba cubriendo los espejos para cegar todo placer de mirarse en ellos nunca se opuso al desatino. Y aquel no había sido el único.

El padre llevaba siempre un pesado mazo de llaves colgado de un cargador del pantalón. Llaves de los roperos, de las alacenas, de las bodegas y de cada puerta. Si se necesitaba algo, iba él personalmente a abrir, silbando. Silbaba siempre, en el ordeño, camino del excusado, mientras se sentaba a almorzar, cuando se desvestía para acostarse.

Eusebio se llamaba el mayor de los hijos. Otro que me acuerdo se llamaba Edelmiro, otro Dámaso. Desde el primer momento Eusebio cogió esas llaves y sin consultar a nadie se hizo cargo de ellas. Pero no hubo pleito por eso, todo se llevó a cabo con gran fraternidad. Era una gavilla de hijos, todos recios de cuerpo, hombres y mujeres, entre los que la viuda se veía insignificante y disminuida. Y más aún, en trapos negros.

Del dinero que había en el ropero sacaron lo suficiente para irse a Masaya a comprar un ataúd labrado que tenía en cada esquina un ángel con un laúd. Y en el mismo camión, subidos ellos a la plataforma, hombres y mujeres, regresaron con el ataúd y con un juego de sillas metálicas pintadas de rojo maravilla, que entonces estaban de gran moda. Uno podía mecerse en ellas. Las sillas, amarradas en forma de una torre, resplandecían de lejos cuando el camión se acercaba entre la tolvanera. Y ataúd y sillas fueron bajados en la casa al mismo tiempo.

Empezaban a gastar, era como si hubieran estado esperando una señal. Nadie dice que desearan la muerte de aquel hombre de risa cortante y fácil que silbaba sin motivo, y que aún encendidas las estrellas se levantaba a ordeñar. Pero una vez que metieron mano en la caja de galletas inglesas con su tapa de plácidos empelucados almorzando en un prado, fue como si dentro no hubiera dinero, sino la boca de una cueva misteriosa. La caja estaba guardada en el tramo más alto del ropero y se necesitaba subir a una silleta para llegar a ella. Y guardadas en el mismo tramo, debajo de las toallas listadas de colores que la viuda sacó para cubrir los espejos en las paredes, las escrituras de propiedad de las dos fincas, de la casa de alquiler frente a la estación del ferrocarril de Masaya, de un terreno baldío en Jinotepe, de la propia casa donde vivían, que era casi una finca; la chequera de la cuenta bancaria y los pagarés de los deudores.

Los cuadros en sepia, oro y rojos oscuros, representaban escenas de la vida cotidiana de Palmira. Recuerdo uno. La reina Zenobia rodeada de su corte de odaliscas, sentadas en los mármoles de la pileta de un baño público, desnudas bajo sus velos. La viuda los volteó, y cubrió los espejos con aquellas toallas listadas de colores. Extraño, si lo que quería era demostrar luto. ¿Y qué había hecho después? Corrió a la tienda vecina a comprar al fiado tres yardas de popelina negra que de lejos olía a tintura, corrió donde la costurera con la que estaba enemistada a que le cosiera con esa tela el vestido de luto y un tapado. La costurera levantó la cabeza de la máquina, la vio entrar bañada en lágrimas y olvidando el rencor, empezó también a llorar.

El vestido se lo hizo su enemiga de manera tan rápida, que antes de que los hijos partieran en busca del ataúd ya andaba ella de negro descolgando los cuadros y los espejos para llevarlos a las casas vecinas, donde fueron recibidos en asilo. Pensaba acaso que aun volteados y cubiertos ofendían su luto.

Por la carrera, en el ruedo del vestido habían quedado los hilvanes, unas grandes puntadas en hilo blanco. Salió a la puerta a despedir a los hijos, que parecían partir a una excursión porque llevaban provisiones para el camino. Se habían bañado todos antes, hombres y mujeres, y el agua corría desde la caseta del baño hasta la calle como si estuviera lloviendo en otra parte.

Eusebio, el que se había hecho custodio del mazo de llaves, era un gigante que resoplaba al respirar y olía a leche rancia aunque se acabara de bañar, de tanto que siempre sudaba. Caminaba con aire reposado, muy dueño de sus decisiones, e igual que su padre se reía con carcajadas cortas, pero no sabía silbar. Cuando lo intentaba, un soplido sordo salía de sus labios. Fue la última vez que se le vio llevar una camisa zurcida. La madre les zurcía las camisas, sin mucho cuidado de ocultar la trama, cuando se rompían en las rudezas del trabajo, porque los hermanos trabajaban a la par de los mozos, y si un día les daba de haraganes y se quedaban dormidos, allí estaba el padre con el fuete cruzándoles el lomo. Y después de azotarlos, salía silbando una tonada alegre, pero con cara vindicativa.

Todos volvieron de Masaya con camisas nuevas de cuello duro y manga larga; se notaban los dobleces en la tela. Una de las hermanas, Fermina, que tenía las espaldas cuadradas y usaba una trenza gruesa que le caía a un lado del cuello, compró un suéter, y no le importaba ahogarse del calor en el trayecto que hicieron de vuelta, al mediodía, subidos a la plataforma del camión.

Los cubría el polvo que se levantaba en vaharadas persiguiendo al camión, mientras ellos se agarraban de las barandas para aguantar los vaivenes del camino. Se bajaron sucios y sudados de la plataforma, sucias las camisas nuevas recién sacadas de sus bolsas de celofán. Más sudaron aún para meter el ataúd a la casa. Ya había gente que los aguardaba en la acera, unos hombres con las manos en los bolsillos, indolentes, otros ofreciendo ayudar, pero sin resolverse.

Uno de los hermanos, que empezaba a quedar calvo a pesar de que no tenía treinta años, traía la camisa nueva encima de la vieja. Ese era Dámaso; usaba anteojos de culo de botella que el sudor le hacía resbalar por la nariz. Dámaso era uno que en la soledad del corredor, cerciorándose primero con miradas furtivas de que no lo estaban viendo, saltaba en un pie por los ladrillos hasta meterse en su aposento; y luego sacaba la cabeza por la puerta, para comprobar si efectivamente no lo habían visto.

Otra vez, hombres y mujeres del rebaño de hermanos fueron a bañarse y a vestirse para recibir a la concurrencia. Y donde antes había en la jabonera un cerullo negro de jabón de sebo, enredado de cabellos, ahora reposaba una pastilla rosada de jabón Camay, con su camafeo grabado a troquel.

El cuadro de la reina Zenobia y sus odaliscas es el que mejor recuerdo, porque terminó comprándolo mi madre cuando en aquella casa empezaron a vender todo. Ya el Cadillac se había quedado sin llantas y en sus asientos empollaban las gallinas del vecindario. Fue después que el zacate dio en crecer a su alrededor. Y si no es que venden también las sillas metálicas, que empezaban a herrumbrarse, terminan también en el corral cubiertas por la hierba. Las compró Alí Mahmud el barbero para lucirlas en su barbería.

Desde la calle donde jugábamos beisbol uno podía divisar el Cadillac en el fondo del patio. Un fly muy largo había que fildearlo ya dentro del patio, saltando el cerco de piñuelas, y a veces la bola pegaba contra las latas de la carrocería abandonada y se espantaban las gallinas.

Ya no tenían carro convertible que los llevara en sus paseos sin destino. Pero aun para esos días el bus que venía de Managua al mediodía seguía trayéndoles de San Marcos chop-suey del restaurante chino en platos de cartón tapados con papel espermado, por encargo de Eusebio. Se había apagado el fuego en esa casa. No comían más que comida de restaurantes; y Alí Mahmud, cargando su valijín de madera, llegaba a cortarle a domicilio el pelo a los hermanos, un lujo que sólo ellos se daban. La viuda barría después los ovillos de cabello hacia la acera, y como eran muchos deambulaban por días con los soplos de viento, yendo a parar lejos.

Fermina, la de espaldas cuadradas, pasaba los treinta años. La idea de comprar ese Cadillac, que tenía un radio con botones de marfil, fue suya. Lo vio en el anuncio de una revista y se enamoró con pasión de él. Un caballero de pelo ensortijado, de smoking tropical con fajón rojo y clavel de fantasía en el ojal, le abría la portezuela a una dama que vestía un traje escotado de vuelos de espuma. Era una noche azul de plenilunio y entre los penachos de las palmeras tropicales brillaban amarillas las estrellas.

El día que trajeron el Cadillac de Managua venían todos en la comitiva, la viuda en el asiento trasero, atrapada entre dos de sus hijos, Edelmiro y Dámaso, agarrándose el tapado de luto para que no se lo llevara el viento, y un taxi atrás con el resto de ellos. Sólo Fermina no fue porque se quedó con dolor de vientre. Cuando le venía la regla aullaba del dolor y las sábanas, que empapaba de sangre y tendían a secar en el patio, de tan rojas parecían mantas de toreo.

Fermina era para ese tiempo la que se daba mayor importancia, y cuando había cumpleaños o bodas no iba a la fiesta sino que enviaba a una criada de delantal almidonado y zapatos de charol con el regalo, ya fuera un juego de vasos con su pichel que transparentaban en el envoltorio de celofán dorado, o una diana de marmolina con sus perros de caza. Compraba los regalos por medias docenas y los guardaba en la alacena, en espera de la ocasión. Ahora era ella la dueña del mazo de llaves, porque había desplazado a Eusebio en la jefatura.

Su encierro y alejamiento fue la razón de su ruina. Se encerraba para no darse a ver a los pretendientes que ya bullían en la calle, porque no quería trato con ninguno. La costurera antes enemiga de su madre trabajaba dentro de la casa para ella. Se vestía con un vestido nuevo cada día, pero no salía. Y así, quien se la sacó de premio mayor fue un pasante de abogacía de Granada, hablantín y amigo del licor, que le llevaba los litigios, y él sí podía visitarla en su encierro. Tenía, además, el pelo rizado como el galán de la revista.

Para la boda, la viuda dejó el luto y apareció en la iglesia agobiada de collares, calzada de tacones altos y con un sombrero adornado de margaritas de trapo. Se veía como acosada entre aquel gentío extranjero, porque casi todos los invitados eran de Granada. El novio era hijo natural, pero reconocido, de un gamonal de curtiembres, y el apellido, que ya llevaba por derecho propio, de suficiente alcurnia. De manera que apenas estuvo casada, Fermina empezó a alzar la nariz, frunciéndola como si todo le oliera mal.

La fiesta de bodas la celebraron entre ripios y sacos de cemento porque estaban ampliando la casa, construyéndole una sala y un segundo piso para los aposentos, con escalera de concreto; tenían terreno de sobra, pero no había en el pueblo ninguna casa de dos pisos con balcones de cemento a la calle, así que decidieron tener una. Las mesas y silletas, alquiladas en Jinotepe junto con todos los manteles y la cristalería, las colocaron en el patio, bajo los guanacastes, y, traída de Managua, tocó en el baile la orquesta de Julio Max Blanco, famosa para ese entonces.

El padre del novio, galante y distinguido, sacó a bailar a la viuda; dio unas vueltas con ella, tarareando la melodía mientras bailaba, y volvió a dejarla en su sitio. Tras eso, secándose la frente con toques del pañuelo, pretextó que tenía que regresar a Granada por un embarque de cueros y se fue. Bailaba poca gente y sobró la comida. Pero los platillos de la batería restallaban sin cesar por los confines más lejanos del pueblo.

El novio vestía de smoking con fajón rojo y clavel de fantasía en el ojal, como si llegara de la noche tropical de plenilunio del anuncio del Cadillac. A mitad de la fiesta se vomitó en la pechera del smoking. No le importó a Fermina, que tuvo con él una luna de miel espléndida sin necesidad de salir de su aposento. Fuera el día o la noche, se desahogaba en voz tan alta que la gente entretenida en el parque, a una cuadra de allí, podía seguir el hilo de su discurso licencioso entrecortado de alaridos, súplicas llorosas o exigencias enardecidas que sorprendían y apenaban, porque nadie, hasta entonces, la hubiera tomado por lasciva. La oían, evitando mirarse unos a otros, fingiendo que no la oían.

Pero lo del vómito de la fiesta de bodas no sería lo peor. Fue el marido quien chocó el Cadillac a los pocos meses de casado, otra vez borracho, viniendo a medianoche del Town-Club de San Marcos, diversiones que no le participaba a Fermina. Mascando pepermín para perfumarse el aliento, le pedía con aire de cansancio y superioridad las llaves y ya está. Eusebio, el mayor, lo trompeó un día, fastidiado de tanta parranda a toda hora. Él no probaba licores. No tenía más vicio que comer de restaurantes, chop-suey, biftecs encebollados o pollos al pastor.

Pero el cuñado bebedor hizo a Edelmiro su aliado. A Edelmiro, robusto como sus hermanos pero macilento de color y barbita de chivo, más que el licor le gustaba el juego de azar. Tenía dedos largos y nerviosos. Y los dos, bebedor y jugador, se confabularon en sus dilapidaciones. Firmaban cheques sin fondos y Fermina no tenía más remedio que pagarlos, previniéndolos siempre de que sería la última vez que les perdonaba el descaro. Pero se los decía sin mucha convicción, más bien afligida, y ninguna mella les hacía la advertencia. Pasaban ellos a hablar de otra cosa y se acabó.

Para unas fiestas patronales Edelmiro quebró la ruleta en la plaza, entre el alborozo y los parabienes de los tahúres presentes, y desapareció al día siguiente con una de las mujeres que ayudaban en sus números de ilusionismo a Paco Füller en su carpa. Era una mujer con aspecto de diabla, los ojos repintados de carbón y la boca rojo sangriento.

El marido de Fermina ya padecía de cirrosis hepática antes de la boda, y una madrugada que volvía del Town-Club empezó a vomitar sangre en la taza del inodoro. Pero no fue él quien murió a los pocos meses, sino Fermina. Murió de un mal parto. Madre y niño fueron enterrados en el mismo ataúd, que para premiar la inocencia del niño fue un ataúd blanco, adornado con un penacho de calas de papel crepé. Mientras el cortejo salía de la casa, Eusebio comía su pollo al pastor en la cabecera de la mesa, a bocados despaciosos, mirando a su alrededor con ojos de asombro. Era un soltero que ya nunca se casó.

La viuda es la única que sale a pedir por todos ellos a las calles. Mi madre les manda, cuando puede, un plato de comida. Los demás, hombres y mujeres, se asoman por los portillos con caras desconcertadas. El marido de Fermina sigue bebiendo; sale a buscar su trago arrastrando sus zapatos viejos, la barba crecida, y se vuelve a encerrar. Dámaso salta a escondidas por los ladrillos del corredor. El más desconcertado de todos es Eusebio, que a pesar de las penurias no pierde peso y suda siempre con olor a suero, como si se hartara de leche. Parecen esperar a que alguien llegue a sacarlos de allí, como si se hubieran extraviado en un bosque oscuro.

*Managua, diciembre de 1997-febrero de 1998*

## Ya todo está en calma

*A Lichi, a Pati*

Ahora que los acontecimientos han transcurrido hasta su final y ya todo está en calma, me siento con la serenidad suficiente para presentar un relato desapasionado de los mismos. A mi saber y entender, las cosas se desarrollaron de la siguiente manera:

Aquella noche, cuando se anunciaba sobre Managua un aguacero que al final no llegó, llamé a mi hermana, que vive hace años en Granada. Tenía dos meses de no verla, desde que nos despedimos en el cementerio tras el funeral de mi esposa. Como la noté apurada, quise saber si no la estaba perturbando. "Estoy viendo lo de la muerte de Diana", me dijo. "¿Qué? ¿Quién?", le pregunté. "Sí, Diana, murió, lo están pasando en la televisión." No lo creía. Colgué y corrí a encender el aparato. En efecto, allí estaba Jorge Ramos, de Univisión, confirmando la noticia. No podía ser. Pero era. Fue.

Vivo en un callejón de la Colonia Centroamérica. Todos mis vecinos guardaban silencio metidos en sus casas, pendientes de la noticia frente a las pantallas. Una vez asimilado el trágico hecho, pensé en el esposo. Hay quienes afirman que los ingleses de alcurnia carecen de sentimientos, y que si acaso los tienen, están educados desde muy tierna edad para no demostrarlo. Sobre todo si se es príncipe de Gales.

Hasta la celebración del funeral solemne en la abadía de Westminster, iban a ser días cruciales. Así que cuando a la madrugada el microbús que recoge a los empleados de la empresa pitó como siempre desde el extremo del callejón, mandé a mi hija, que se alistaba para irse al colegio, a avisarle al chofer que me encontraba enfermo. "Papá, es malo mentir", me dijo; pero fue, porque es obediente. Sólo somos los dos en la casa.

Isabel I, que murió en 1603, fue la última monarca a quien se le construyó una tumba *ex professo* bajo las naves de la abadía, aunque otros seis reyes han sido sepultados en los subterráneos. La princesa Diana no descansará allí. Una vez terminados los servicios fúnebres será llevada a una isla en medio de un lago en la propiedad familiar de Althrop, para que ni turistas ni curiosos perturben su sueño.

Una ventaja ha tenido para mí la muerte de la princesa Diana —la princesa que quería vivir, como la llama el célebre escritor cubano Guillermo Cabrera Infante, recordando aquella película en que Audrey Hepburn interpreta el papel de otra princesa igualmente desgraciada—. Al fingirme enfermo, puedo pasarme dentro de la casa en short y en chinelas, bañarme tarde según mi gusto, y cuando no estoy frente al televisor, espiar las transmisiones desde la cocina mientras preparo mi almuerzo, o desde la puerta abierta del servicio mientras hago mis necesidades. Como si fuera un eterno domingo.

Hay numerosas entrevistas hechas al azar a gente de la calle en varias capitales del mundo. A todos les parece mentira y nadie escatima elogios para la princesa fallecida. En cambio, la inmensa mayoría de las opiniones se inclina en contra del esposo, acusado de insensible. No estoy de acuerdo con ese criterio. Es cierto que apareció, muy tranquilo y bien trajeado, saliendo del hospital de París donde la llevaron ya moribunda. "¿Cómo puede existir semejante ogro?", se cruzó a decirme mi vecina Conny, que también mantiene encendido su televisor sin necesidad de faltar a su trabajo, porque su salón de belleza está instalado en su propia casa, en la otra acera del callejón. "A alguien que le avisan que su esposa murió, aunque estén separados, corre a como esté, no va primero a vestirse de catrín."

Yo le repliqué que eso depende de las circunstancias. Unos corren como están; otros, si son príncipes, deben vestirse bien primero, porque saben que los van a filmar y fotografiar. "Es que esa gente vive sólo para salir retratada, papá", dijo entonces mi hija mientras se servía agua en la refrigeradora; y agregó: "Papá, ¿cuándo vas a ir a trabajar?" Tiene apenas doce años.

Yo también me separé de mi esposa. Un día me llegaron con el cuento de que la habían visto almorzando en El Eskimo con un superior de su oficina, me ofusqué y esa misma noche le dije: "no te quiero ver nunca más en la vida". Pero cuando me bajó la cólera y vino el arrepentimiento contemplé aquella actitud como un error grosero de mi parte, y tras varios días de cavilar conmigo mismo me decidí a perdonarla; sabía que estaba posando en la casa de Conny, su íntima amiga, y fui a traerla de vuelta. Mi hija, que me lo había estado pidiendo en silencio, me acompañó.

Una mujer tan célebre, dueña de los lujos del mundo, capaz de anochecer hoy en su palacio de Kensington y mañana estar navegando en un yate hacia una mansión de cien criados en la isla griega de Corfú, o al día siguiente encontrarse cenando en el hotel Ritz, el mejor de París, arrancada en la flor de su edad. Cuesta tanto creerlo.

"Papá, ¿qué cosa es charming?", me preguntó mi hija desde la mesa del comedor donde hacía sus deberes, uno de aquellos días en que mi esposa ya no estaba en la casa debido a mi drástica decisión. "No sé", le dije. "¿Estás haciendo acaso tu tarea de inglés?" "No", me respondió ella. "La Conny dice que corriste a mi mamá porque ella tiene charming y vos sos una bestia."

La Conny había vuelto de Miami a instalar su salón de belleza cuando triunfó doña Violeta. Yo la consideraba peligrosa por libertina, una mala consejera. Traficaba además con ropa de marcas y vivía supliéndole vestidos carísimos a mi esposa. Me levanté de la mecedora y fui a buscar el diccionario Cuyás a la vitrina de los libros. Charming: agradable, hechicero, fascinante. Más rabia me dio, y me dije: "Si te fuiste, bien ida estás, no quiero liviandades en esta casa." Y de todas maneras la perdoné.

Tacones altos, traje sastre, pañuelo de seda al cuello, cartera colgada al hombro, así salía de la casa en la madrugada, andando muy garbosa por el callejón todavía oscuro, para coger el bus en la parada del Camino de Oriente, tras ella una estela de perfume de duty free. Extraña su figura, como si se hubiera extraviado de barrio.

Yo, que nunca seguí los pasos de Diana de Gales ni me importaron sus desdichas amorosas, ni su romance trágico con aquel capitán de la Guardia Real que después fue a vender sus confesiones a los periódicos como un rufián cualquiera; que he considerado ridículo el despliegue de las historias de alcoba de la corona inglesa, me he vuelto esclavo del televisor. "Papá, se te van a cocinar los ojos", me dice mi hija al entrar del colegio; y yo, con un gesto elocuente de la mano, le indico que se calle.

Las transmisiones del funeral se iniciarán a las dos de la madrugada, hora de Nicaragua, y no vale la pena irse a la cama por tan poco rato. Mi hija, contagiada del entusiasmo general, se ha quedado a acompañarme. Le he dado permiso de no ir al colegio mañana.

Por un azar del destino, mi esposa también había sido bautizada Diana. Su madre, que llevaba cuenta mental de todas las películas vistas, se acordaba de una con Ana Luisa Peluffo en el papel de la mujer atormentada que posa de modelo para la estatua de Diana la Cazadora del Paseo de la Reforma de la capital mexicana. La Peluffo salía desnuda en esa película, catalogada en aquel tiempo de inmoral.

Nos reconciliamos. Me hizo prometerle que jamás volvería a acosarla con mis celos. Yo le hice prometerme, a su vez, que cuando fuera a concurrir a almuerzos de trabajo con sus superiores, en restaurantes y lugares similares, me lo dejara saber de antemano para perder así cualquier preocupación. Creo que vivimos felices por una temporada, aunque si hubiera logrado persuadirla de no vestirse de aquella manera, como modelo de revista, mi felicidad hubiera sido completa.

He llegado a aprenderme el nombre del amante de la princesa, el egipcio Dodi Al Fayed, hijo del magnate Mohamed Fayed, no un turco cualquiera de esos que van ambulantes por los pueblos cargando sus valijas de mercancía, sino propietario de la tienda Harrods de Londres, iluminada con miles de bujías; su madre, Samira, hermana del multimillonario Adnan Kashoggi que en España, donde vive dedicado al lujo y al placer en el balneario de Marbella, pone a su servicio a los grandes de la nobleza, como es el caso de don Jaime de Aragón, el que, hasta no impedírselo la muerte, le tendió la cama.

Una noche, recién reconciliados, me dieron las doce saliendo a asomarme al callejón y ella no volvía. "Papá, vení acostate que mi mamá es una adulta", me decía mi hija, hablando en ese lenguaje que en un niña, si no hay en uno pena o preocupación de por medio, causa risa. Adulta. Y llegó la madrugada, y yo despierto, revolviéndome en la cama porque seguir en la puerta me daba miedo por los vagos y ladrones armados que entran a veces en el callejón, ahora sí consciente de que cualquier ilusión de su fidelidad quedaba hecha polvo. Y su perfume duty free en mis narices, como una congoja.

En una mesa redonda de Univisión criticaron la insensibilidad de los fotógrafos llamados comúnmente paparazzi, que tras el accidente se dedicaron a conseguir la mejor instantánea en lugar de ayudar a la princesa. "Por dinero hacen cualquier cosa", opinó uno de los panelistas. Pero, ¿tienen realmente la culpa esos paparazzi? En una entrevista Madonna atacó duramente al gran público que se alimenta de la vida privada de los famosos. "Todos tenemos sangre en las manos", declaró. Y la cuñada de Diana, Sarah Ferguson, muy infortunada también en su vida, promueve la venta de un producto para adelgazar, que tiene por propaganda: "Adelgazar es más difícil que escapar de los paparazzi."

Diana no volvía. A las cuatro de la mañana, todavía en vela, oí en la esquina el corto pitazo de la sirena de un vehículo de la policía y un rumor de voces cruzadas hablando por el radio del vehículo; oí que golpeaban otras puertas, voces que contestaban, la voz de la Conny, tras el deslumbre de un foco de mano golpearon aquí en las persianas de la ventana y oí el portazo que daba mi hija al salir corriendo de su cuarto para abrir, asustada como asustado iba detrás yo, envuelto de la cintura para abajo en la cobija.

Nos llevaron en el jeep de la policía, que empezó a sonar con gran escándalo la sirena, pero yo le pedí al oficial que por favor, nos fuéramos en silencio. En silencio nos bajamos en el patio trasero del hospital donde los fotógrafos que nos esperaban con cara de desvelados empezaron a disparar sus flashes sobre nosotros, y mi hija se abrazó fuertemente a mi cintura; esa foto salió en la página de sucesos, "Marido acongojado se presenta en compañía de hijita a reconocer cadáver de esposa infiel en morgue de hospital"; y hay otra, que registra el momento en que un oficial de policía procede a entregarme una bolsa de plástico negro que contiene sus pertenencias, los zapatos de tacón alto, uno de los tacones despegado y perdido, la ropa de marca, ensangrentada, y la cartera de la que personas inescrupulosas se habían robado todo el contenido, pero que conservaba en sus forros el olor embriagante del perfume de duty free.

"Los dos iban bebidos", me informó el oficial de la policía; y como uno de los reporteros se dio cuenta de que su grabadora no estaba funcionando, le pidió que repitiera, y él, complaciente, repitió: "Los dos ocupantes del vehículo iban bebidos, tal como lo demuestran las pruebas de nivel de alcohol practicadas en la sangre."

La tercera foto que salió fue la de Diana muerta, tomada de cerca, en la camilla puesta sobre el piso de la morgue, donde yo la encontré. Al cadáver de su superior, que no fue fotografiado por oposición de la esposa y demás familiares, lo sacaron en un carro fúnebre por el portón de servicio, y en las noticias tampoco mencionaron su nombre. El de Diana sí, con sus apellidos de casada y soltera.

Llega por fin la hora del funeral, madrugada en Managua y mediodía en la ciudad de Londres. Unos dos mil quinientos millones de personas, algo así como la mitad del mundo entero, está viendo en este mismo momento cómo la princesa muerta demuestra a sus detractores que ha conseguido, y sobrepasado, lo que pretendió en su vida: ser la reina de los corazones.

Jorge Ramos de Univisión informa que la isla británica Monserrat, en el mar Caribe, cambiará el nombre de su capital, Plymouth, por el de Port Diana, si acaso no termina por ser abandonada como efecto de las erupciones del volcán La Soufrière. En mi callejón todas las puertas están abiertas y los televisores encendidos. La gente ofrece café y algunos grupos juegan naipes en el andén, como si alguien del callejón estuviera siendo velado.

La madre Teresa de Calcuta, que murió el día anterior, pese a todo el inmenso bien que hizo a la humanidad no tuvo un entierro de semejante magnitud; aunque nadie la imagina yéndose a estrellar en un túnel de París, a la medianoche, a ciento cincuenta kilómetros por hora, después de una exquisita cena con un amante multimillonario en el Hotel Ritz.

A su hora acostumbrada el microbús pitó en la esquina y ya sabía que no era por mí, sino por otros empleados de la empresa que viven en el siguiente callejón. Pero vinieron a tocar con urgencia la persiana; fue mi hija, a regañadientes, a abrir, y volvió con una carta de la empresa que me traía el chofer. Yo no quería apartar los ojos del televisor porque estábamos en el momento culminante y le pedí a mi hija que por favor abriera la carta; y cuando empezaba a leerme que la Oficina de Recursos Humanos me notificaba el despido por ausencias repetidas e injustificadas, con un gesto elocuente de la mano le dije que se callara. El féretro iba saliendo de la abadía.

*Managua, septiembre de 1997-julio de 1999*

## La viuda Carlota

*A doña Maya de Córdova Rivas*

*Las verás lentas o precipitadas,*
*tristes o alegres, dulces, blandas, duras,*
*meadas de las noches más oscuras*
*o las más luminosas madrugadas.*
Rafael Alberti, *Homenaje a Quevedo*

—¡Aquí ha orinado un hombre! —exclamó la niña asomándose por la balaustrada.

Entonces, la casa entera donde sólo sonaba el radio de la cocina tocando rancheras se puso en revuelo. Subieron las criadas haciendo retumbar la escalera, subió el jardinero con sus tijeras de podar y el lodo de los zapatones del lechero que llevaba la leche todas las mañanas quedó regado sobre los mosaicos del piso alto.

La cocinera, que fue la primera en llegar, no quiso ver la prueba que le ofrecía la niña alzando el bacín hasta sus ojos, y le dio una bofetada tan fuerte que le dejó la palma de la mano pintada en la mejilla.

—¡A ese aposento no entra ningún hombre, menos a orinar, la muy atrevida! —le dijo en un murmullo colérico y se restregó en el cuadril la mano enardecida.

La niña aguantó el golpe sin llorar y no soltó el bacín. Y no sólo eso, sino que lo mantuvo alzado tercamente a la vista de la cocinera.

La empleada de adentro, la que lampaceaba, era la madre de la niña y se encaró con la cocinera. Había subido con todo y lampazo, como el jardinero con todo y sus tijeras de podar. Josefina se llamaba.

—A mi hija nadie le pega —le dijo Josefina, la empleada de adentro, a la cocinera. Pero las palabras salieron de su boca llenas de flojedad porque la cocinera era más fuerte y además dominaba sobre ella en talante y jerarquía.

—A ver. ¿Cuál es la prueba? —dijo el jardinero, un hombre ya viejo, calmado y reflexivo, que hasta entonces se acordó de que había penetrado hasta donde nunca nadie que no fuera del servicio de mujeres se había atrevido, el umbral del aposento del piso alto, donde dormía la viuda, y ahora no hallaba qué cosa hacer con las tijeras de podar.

La niña, que hasta entonces iba a empezar a llorar, tal como se mostraba en el temblor de su quijada, le enseñó el bacín que venía de sacar del aposento. Le pesaba en las manos porque estaba cargado de orines de un amarillo encendido, casi tirando a cobre rojizo. En los bordes se alzaba una abundante orla de espuma.

—Aquí está la prueba —dijo entre lágrimas la niña. La niña iba vestida con los restos de su vestido de primera comunión, de un blanco ya triste de tan usado.

—No veo la prueba —dijo Armodio el jardinero, porque Armodio se llamaba, tratando de ser comprensivo; pero su mayor deseo era irse a podar las limonarias del jardín, no fuera a salir de su aposento la viuda y lo sorprendiera en falta.

—La espuma es la prueba —dijo la niña.

—Estás loca —le dijo la cocinera, que se llamaba Rafaela y que también ya a empezaba sentir miedo por estar allí, discutiendo pruebas peregrinas de si algún hombre había orinado en aquel bacín que salía del aposento donde sólo dormía la viuda entre sus sábanas de olán.

—Es cierto —dijo Filiberto el lechero, que era un muchacho como de catorce años. La niña, que se llamaba Estela, andaba por los trece.

—¿Qué es lo que es cierto? —le dijo Rafaela la cocinera, desafiándolo con altanería reprimida.

—Sólo el chorro de un hombre deja espuma porque los hombres orinan parados. Las mujeres, como orinan sentadas, tienen el chorro débil —dijo Filiberto el lechero sin quitar los ojos estudiosos del bacín.

—Ve qué muchacho más vulgar y depravado —dijo Rafaela la cocinera, afligida sin remisión ante la evidencia. Era cierto. Ninguna mujer dejaba en el bacín espuma al orinar. Las mujeres tenían los orines tranquilos.

—Andá bota ese bacín antes que te dé con este palo —le dijo Josefina la empleada de adentro a su hija Estela, la niña, y enarboló el palo del lampazo, amenazándola. El terror la hacía aparecer furiosa.

En eso se oyó el ruido del picaporte de la puerta del aposento que iba a abrirse y los que querían huir ya no tuvieron tiempo. Josefina la empleada de adentro se puso a lampacear con apuro las baldosas del piso por el lado que no necesitaban brillo, si ya relumbraban, olvidándose, por el contrario, de sacar el reguero de lodo dejado por las botas de Filiberto el lechero, y Armodio el jardinero no halló otra cosa que hacer que abrir y cerrar en el aire, por arriba de su cabeza, las tijeras de podar, como quien se dedica a capar moscas al vuelo.

Primero se acercó a ellos la fragancia de lavanda Heno de Pravia de la viuda, que apaciguó el olor a leche cuajándose de Filiberto el lechero, y luego se acercó ella, muy recatada en sus trapos de luto aunque altanera en el paso, la chalina de ir a misa doblada en la mano, su moña alta bien hecha, la boca apenas encendida de carmín como la huella de otra boca aún más sensual, y un lunar muy pequeño, apenas un punto, repintado al lado. No era tan joven, una que otra hebra blanca había en su pelo; pero era bonita, las cejas muy juntas y el pecho colmado y altivo. Por todo adorno lucía un relojito de oro en la muñeca.

Se asomó a la bacinilla y el impulso de Estela la niña fue ofrecérsela también a los ojos. Contempló los orines y arrugó apenas la cara, en una prudente demostración de asco.

—¿Ahora se saca en procesión mi bacinilla? —les dijo.

—Es que hallé una prueba —le dijo Estela la niña a la viuda Carlota. Carlota se llamaba la viuda.

—¿Una prueba? ¿Prueba de qué? ¿Qué tiene de malo que haya yo orinado en mi bacinilla? —dijo la viuda Carlota, y se sonrió sólo con las comisuras de los labios.

—Eso no será lo malo, sino que anoche entró aquí un hombre porque en el bacín están sus orines —dijo muy tonante Armodio el jardinero y las tijeras en su mano hicieron tris tris y luego se callaron. Era tan colosal su temeridad al decir lo que decía que ni siquiera se asustó ni parpadeó.

—¡Todo mundo a sus oficios! ¿Qué acaso nadie tiene qué hacer? —dijo Rafaela la cocinera y movió enfática las manos en afán de empujar, como quien arrea una manada de vacas díscolas y matreras.

—Quisiera saber en qué se distinguen mis orines de los de un hombre —dijo la viuda Carlota con parsimonia, desdoblando su chalina de encaje para ponérsela en la cabeza.

—¡En la espuma! —dijo Estela la niña—. Usted no puede orinar con el chorro parado.

Muy garbosa, la viuda Carlota se puso su chalina y se rió con sabrosura; y enamoró de tal grado aquella risa a Filiberto el lechero, que no acertaba a cerrar la boca; y tanto la mantenía abierta, sin quitarle la vista mientras ella se reía cantarina, que bien entraran a buscar abrigo en ella un borbollón de moscas de aquellas que trataba de capar al aire con las tijeras Armodio el jardinero.

—Entonces es el difunto mi marido quien ha venido a orinar —dijo al fin de su risa la viuda Carlota.

—¡Ánimas benditas del purgatorio! —dijo Josefina la empleada de adentro.

—¿Qué acaso los muertos orinan? —dijo, desconfiado, Filiberto el lechero y pareció que se espantaba con la mano la puñada de moscas que le rondaba la boca.

—Ya ven que sí —dijo la viuda Carlota—. Y digan si no tienen los muertos el chorro fuerte y decidido.

Y riéndose otra vez se fue a su misa y los dejó, recomendando al bajar las escaleras los oficios que debían cumplir antes de que ella volviera, y a Estela la niña, ya con severidad, que fuera a botar esa bacinilla al fondo del patio, lejos de los canteros de begonias y rosas Reina de Hungría porque los orines de muerto secan la frescura y el verdor de la naturaleza: así hablaba la viuda Carlota, con donaire, porque había estudiado en el colegio de las monjas francesas.

Se fue, y cuando oyeron que se cerraba de un golpe el portón de la calle, empezaron todos a descender en silencio, Estela la niña delante llevando el bacín colmado de orines, la superficie un espejo orlado de jirones de espuma que se inquietaba al poner ella pie en cada tramo pero sin derramarse una sola gota, tanta era su experiencia en aquel bajar el bacín todos los días.

—Yo no creo en muertos que orinan —dijo todavía Armodio el jardinero deteniéndose en la puerta de la sala de la viuda Carlota, que daba al jardín, ya cuando todos se habían dispersado, y lo volvió a repetir en voz más alta de cara a la sala silenciosa, a sus cortinas de encaje, sus sillones de mimbre esmaltado, sus cojines bordados y al gran perro de porcelana sentado en dos patas en el suelo, en un rincón. La sala de la viuda Carlota parecía sumergida en una agua amarilla del mismo color de los orines del bacín.

Pero ni Rafaela la cocinera ni Josefina la empleada de adentro oyeron clamar a Armodio el jardinero a pesar de que habían apagado el radio, puesto que estaban dedicadas ya a sus oficios; o es que no quisieron oírlo porque no les tenía cuenta saber ni averiguar sobre orines de muerto. Pero, al parecer, a Estela la niña y a Filiberto el lechero sí les tenía.

Porque cuando Armodio el jardinero se fue a podar al fin las limonarias, con ahínco suficiente para que desde el fondo de aquel jardín llegara muy claro el tris tris de sus tijeras, salieron los dos con tanto sigilo que nadie en la casa oyó sonar el portón al cerrarse, Estela la niña llevando el bacín por media calle, bajo el deslumbre picante del sol de pleno marzo que ya subía, y Filiberto el lechero de custodio a su lado, sin hablarse pero concertados en llegar a la iglesia donde a esas horas oía misa la viuda Carlota en su reclinatorio particular forrado de raso carmesí.

El padre Cabistán, que limpiaba con la estola las heces del vino en el copón porque ya terminaba el oficio, los vio en el espejo entrar por la puerta mayor, arrodillarse y persignarse y luego avanzar con su ofrenda por el pasillo sembrado de cagarrutas de murciélago al centro de la nave. Los vio por el espejo porque tenía él un espejo polvoriento de gruesa moldura clavado en el altar, encima del tabernáculo, que mientras oficiaba de espaldas a los feligreses le servía para vigilar la asechanza de cualquier enemigo rival que apareciera en afán de camorra, la pistola cargada muy a mano debajo de la sobrepelliz.

—En este bacín de la viuda Carlota orinó anoche un hombre —dijo en el espejo Estela la niña, al apenas detenerse al pie de las gradas del altar mayor.

El sacristán, atento a cubrir el copón una vez bien frotado, no descubrió a la pareja sino al oír la voz aquella de Estela la niña, tan cerca que lo hizo volverse, primero la cabeza, después el torso y luego su gran panza. Tirso se llamaba el sacristán.

—Es un hombre hecho y derecho el que entró al aposento sin que nadie lo sintiera, porque tiene el chorro fuerte —dijo Filiberto el lechero asintiendo de manera muy grave.

—Tiene que haber sido de madrugada que orinó ese hombre porque todavía hay bastante espuma junto al brocal del bacín —dijo Estela la niña. Y se rió, imitando la risa argentada de la viuda Carlota, con lo que Filiberto el lechero volvió a quedarse como bobo que caza moscas con la boca abierta.

Suerte que era poca la gente en la iglesia en misa tan temprana. Unas cuantas beatas que por sordas no oían nada, la viuda Carlota que tampoco parecía oír nada, de rodillas en su reclinatorio forrado de raso carmesí, la cabeza, cubierta con la chalina, abatida entre las manos; y el doctor Graham apartado en la última fila de bancas, como era su costumbre, que a lo mejor tampoco había oído nada. Asistía a misa antes de empezar sus consultas a domicilio y dejaba su caballo pastando en el baldío al lado de la iglesia.

El padre Cabistán se volvió para despedir a los fieles abriendo los brazos, y ya tuvo de frente a aquellos dos de la bacinilla colmada de orines.

—Cochinada traer un bacín lleno de orines a la iglesia —dijo Tirso el sacristán bajando con paso dificultoso las gradas para encararlos, su gran panza adelante; pero a medio camino mejor prefirió consultar al padre Cabistán con la mirada, en vano porque los ojos del padre Cabistán estaban puestos en la viuda Carlota que, siempre de hinojos, no terminaba de rezar.

—Ya no puede una orinar tranquila sin que salgan a publicarle los orines a la calle —dijo al fin la viuda Carlota alzando la cabeza. Se advertía enojada, pero serena, y Tirso el sacristán la vio en ese momento desnuda en su pensamiento, y él se vio a sí mismo orinando en la quietud de la madrugada en aquel bacín tan hermoso guarnecido de rosas en relieve y pintado con querubines que divagaban entre nubes.

—Dicen estos niños que son orines de hombre —dijo el padre Cabistán, y su voz, que quería alcanzar a la viuda Carlota en su reclinatorio, resonó en tono de reclamo en la iglesia vacía. Ahora sólo quedaba el doctor Graham en la última fila, sentado tranquilo en la banca, los brazos en el espaldar, la pierna cruzada, como si esperara algún tren. Desde la plaza el viento aventaba tolvaneras de polvo revuelto con briznas de zacate que entraban por la puerta mayor encendida de sol.

—Quién va a distinguir unos orines de otros —dijo la viuda Carlota, alzándose de hombros, al tiempo que miraba al padre Cabistán con mirada risueña. El padre Cabistán se sintió transportado a los más altos cielos por aquella mirada, y le dio mucha cólera que en aquel momento de deleite le sonaran tan ruidosamente las tripas; de modo que su sonrisa de gozo fue a terminar en una mueca de disgusto.

—Es por la espuma —dijo Filiberto el lechero—. Apuesto a que usted, padre Cabistán, orina con espuma.

—Yo orino sentado para no remojarme la sotana —dijo el padre Cabistán, y se notaba bastante azorado cuando terminó de decir lo que dijo, pues pareció espantar con un lento manotazo la nube aquella de moscas de las que capaba Armodio el jardinero con sus tijeras de podar y de las que se le metían en la boca a Filiberto el lechero al embelesarse con la risa cantarina de la viuda Carlota.

—Se supone que el hombre que anoche orinó en ese bacín, orinó desnudo y por qué entonces iba a tener reparo de remojarse la sotana —dijo Tirso el sacristán y puso su barriga de cara al padre Cabistán.

—Vos, a tu sacristía —le dijo el padre Cabistán, que no dejaba de espantarse las moscas de la cara.

—Primero tengo que quitarle a usted los ornamentos —dijo entonces Tirso el sacristán, con terquedad en la voz.

—A tu sacristía —le dijo el padre Cabistán, y por pura costumbre pendenciera se palpó el bulto de la pistola debajo de la sobrepelliz, lo cual provocó que Tirso el sacristán se apresurara en irse a hacer lo que le mandaban cuando menos hubiera querido, porque la viuda Carlota ya llegaba cerca de las gradas del altar mayor.

—Recuerde que usted va a esa casa de noche a rezar el rosario con la viuda Carlota en su aposento —dijo todavía Tirso el sacristán.

—Sí, eso es cierto —dijo Estela la niña—. El padre Cabistán se encierra con la viuda Carlota todas las noches a rezar el rosario en el aposento.

—Pero están siempre las criadas conmigo —dijo, muy altiva, la viuda Carlota.

—A veces no están —dijo Estela la niña.

—Un balazo te debía pegar por viperino —dijo el padre Cabistán mirando a la puerta de la sacristía por donde había desaparecido navegando con su panza adelante Tirso el sacristán. Pero lo dijo sin mucho énfasis y sin llevarse ya la mano a la pistola.

—¿A qué horas termina siempre ese rosario? —le preguntó Filiberto el lechero a Estela la niña, acercándosele al oído.

—A las ocho ya terminó —le respondió en voz baja Estela la niña.

—Entonces no pueden ser los orines del padre Cabistán —dijo Filiberto el lechero—. Estos son orines de madrugada. Si no, ya se hubiera deshecho la espuma.

—Sólo que el padre Cabistán vuelva en secreto al aposento más noche —dijo Estela la niña.

—Sólo así —terminaba de decir Filiberto el lechero cuando sintió que lo agarraban de la oreja.

—¡Te estoy oyendo, falsario! —le dijo el padre Cabistán sin soltarlo de la oreja.

—¿Son suyos estos orines, padre Cabistán? —le dijo Estela la niña mostrándole el bacín.

—Bonito está que me vengan a confesar en mi propia iglesia —dijo el padre Cabistán.

—Ya para juego y diversión es mucho —dijo la viuda Carlota—. Vuelvan estos niños a sus oficios y la bacinilla a mi aposento.

—Si me permiten —se oyó una voz que estremeció a la viuda Carlota, y el padre Cabistán notó, mal de su agrado, aquel estremecimiento; y otra vez, para su triste desgracia, le volvieron a sonar las tripas.

Era la voz cortés del doctor Graham que estaba ya allí junto a ellos, el sombrero en la mano. El sombrero tenía una cinta azul muy ancha, y el doctor Graham era muy rubio y muy delgado, de modo que el traje de lino blanco parecía divagarle en el cuerpo, y sus ojos, bajo las cejas rubias, copiaban el color azul de la cinta del sombrero. Olía a jabón de tocador Camay, sobre todo sus manos. Hay que acordarse de que la viuda Carlota olía a lavanda Heno de Pravia, y de que Filiberto el lechero olía a leche cuajándose, fuera del padre Cabistán, que olía a sudor agrio. De modo que en la iglesia andaban juntándose todos esos olores, más el olor del bacín repleto de orines, ya no se diga.

—¿Qué se le ofrece? —le dijo, colérico, el padre Cabistán al doctor Graham. Y más se encolerizó por aquello de que el doctor Graham olía a jabón de tocador Camay y él olía a sudor agrio, un olor pegado a su sotana sin asolear; además de que le sonaban tanto las tripas. El doctor Graham, tan pulcro, tan aseado y tan rubio, no parecía capaz ni de un eructo.

—¿Puedo asomarme a ese bacín? —dijo el doctor Graham, sin dirigirse a nadie en particular, al tiempo que miraba de manera muy fugaz a la viuda Carlota.

Y sin esperar a que nadie, en particular, diera el permiso, Estela la niña se apresuró a levantar el bacín ante los ojos del doctor Graham, que sacó de un estuche sus anteojos con montura de oro y se los colocó sobre la nariz para escrutar, muy atento, los orines.

—Ya lo decía yo —dijo el doctor Graham, y se guardó los anteojos.

—Estos son los orines de un hombre hecho y derecho que entró al aposento de la viuda Carlota y orinó con chorro fuerte en el bacín de madrugada, porque las mujeres, como orinan sentadas, no dejan espuma —dijo Filiberto el lechero.

—No, mi amigo, ningún hombre hecho y derecho ha orinado aquí y ya voy a explicar por qué —le dijo, condescendiente, el doctor Graham.

—La viuda Carlota dice que son los orines del difunto su marido que anda penando en el otro mundo, y cuando tiene ganas de orinar viene y entra al aposento y orina en el bacín —dijo Estela la niña.

—¿Usted dice eso? —le dijo el padre Cabistán a la viuda Carlota, mostrando extrañeza.

—Si son orines de hombre porque dejaron espuma, el único hombre que puede entrar en mi aposento a orinarse en el bacín es mi difunto marido —dijo la viuda Carlota con sonrisa más que imperceptible de sus ojos.

—No. No se trata de ningún muerto —dijo el doctor Graham arreglándose la corbata verde en la que se repetían figuras de colibríes libando en el cáliz de una flor y otra flor.

—El dicho de la viuda Carlota me da que sospechar —dijo el padre Cabistán, con rencor—. Si ella acepta que son orines de hombre, son de hombre, no de ningún difunto, que esos ya no tienen por dónde orinar. Alguien, entonces, que es de carne y hueso, entró al aposento, y después de hacer lo que hizo, orinó en el bacín.

—Nadie ha hecho nada conmigo en mi aposento —dijo la viuda Carlota alzando en gesto altivo la barbilla; y debajo de la barbilla, en los pliegues del cuello, se vio que había hilillos de talco; porque la viuda Carlota se entalcaba toda ella después de bañarse.

—Ya ve, por apresurarse ofendió a la viuda Carlota —le dijo el doctor Graham al padre Cabistán, recriminándolo con su mirada apacible.

—Usted se calla porque ese caballo cómplice suyo lo lleva por todo camino entrando su dueño en alcobas de mujeres doncellas, viudas o casadas, y mientras dice curar las sonsaca de amores —le dijo el padre Cabistán, con tanta severidad que la saliva brotaba en lluvia muy fina de su boca.

—Yo no tengo espejo colgado del altar mayor para vigilar que no me maten maridos burlados y galanes maltratados mientras digo la misa —dijo el doctor Graham sin alterar la caballerosidad de su voz.

—Lo cual es bien cierto, que para eso es el espejo, y además carga una pistola Colt 45 debajo de la sotana porque no es la primera vez que lo han querido matar por reclamos de celos —se oyó la voz de Tirso el sacristán, que se había quedado escuchando todo el coloquio detrás de la puerta de la sacristía.

—Ya nos vamos a entender vos y yo —dijo el padre Cabistán hablándole a la puerta cerrada.

—¿De quién son, entonces, estos orines? —le dijo Estela la niña al doctor Graham.

—Es lo que no me han dejado explicar —dijo el doctor Graham, que se volvió a poner los anteojos con montura de oro y se volvió a asomar al bacín.

—¡Se encontró una nueva prueba! —dijo desde lejos la figura oscura de Armodio el jardinero recortada en el deslumbre de la puerta mayor. Llegaba con sus tijeras de podar, y llegaba corriendo porque se le notaba el jadeo en la voz; pero antes que él llegaba otra bocanada de viento caliente trayendo polvo y basuritas que bailaban alegres en el polvo.

—¿Qué prueba? —dijo el padre Cabistán mirando muy maligno a la viuda Carlota, y su voz cruzó la nave de la iglesia desperdigando ecos a su paso. Era claro que la viuda Carlota se había puesto muy nerviosa y se repasaba el corpiño con los dedos de uñas largas pintadas de rojo sangre, sin acertar a dejar quietas las manos.

—Espérenme que me acerque —dijo Armodio el jardinero; y a medida que se acercaba se oía el tris tris de sus tijeras de podar.

—No puede ser el padre Cabistán el que orinó en el bacín —le dijo por lo bajo Filiberto el lechero a Estela la niña.

—¿Por qué no puede ser? —le dijo Estela la niña, también por lo bajo.

—Porque se le nota muy celoso de que alguien que no fue él entró de madrugada al aposento de la viuda Carlota —le dijo Filiberto el lechero.

—¿Y quién será entonces ese alguien? —le dijo Estela la niña.

—Ese alguien no puede ser otro que este doctor Graham tan sabihondo —le dijo Filiberto el lechero.

—A lo mejor, porque el doctor Graham sube al aposento del piso alto, le toma el pulso a la viuda Carlota, le mete la mano en el seno para sentirle palpitar el corazón y después le dice que se desnude para examinarla; y ya por último toman cafecito juntos —le dijo Estela la niña.

—¿Vos los has visto? —le dijo Filiberto el lechero frunciendo el ceño.

—Porciones de veces los he visto —dijo Estela la niña.

—Se encontró que está desclavada una tabla de la cerca del fondo del jardín, suficiente para que pase un hombre por ese portillo —dijo Armodio el jardinero acercándose sofocado, tan sofocado que casi no le quedaba voz. La viuda Carlota, mientras tanto, se había arrimado al doctor Graham, muy desvalida, en busca de protección.

—¿Se encontró? ¿Qué es eso de se encontró? —dijo el padre Cabistán.

—Bueno, fui yo —dijo Armodio el jardinero—; la tabla arrancada la encontré yo porque cuando bajé del piso alto con mis tijeras de podar, ya para salir a mi jardín, dije, sin que hubiera ya nadie para oírme: quien va a creer ese cuento de un muerto que orina en bacinilla, si los muertos no beben agua; y cuando ya estaba en mi afán de podar las limonarias, dije: por algún lugar entró a la propiedad quien orinó muy de madrugada en el bacín de la viuda Carlota, ese que no es ningún muerto. Y fui, y busqué, y hallé la tabla desclavada y arrimada en su propio lugar, y dije: quiere decir que quien por aquí entró anoche ya tiene la costumbre, y no es de este proceder la primera vez.

—¡Me andan investigando en mi propia casa! —dijo la viuda Carlota a punto de llorar, arrimada al hombro del doctor Graham.

—Y todavía falta más —dijo Armodio el jardinero, y miró a la viuda Carlota, apesarado.

—Veamos qué más —dijo el padre Cabistán frotándose de puro contento las manos sudorosas, impregnadas del polvo que seguía entrando desde la puerta mayor; y le volvieron a sonar las tripas, pero ya no le importó.

—Del otro lado de la cerca hay bastante zacate recién triscado, lo cual quiere decir que allí comió un caballo en la oscurana mientras aguardaba a su jinete —dijo Armodio el jardinero; y ya no quiso dar la cara a la viuda Carlota.

—¿Viste? Salió lo que yo te dije —le dijo en un susurro Filiberto el lechero a Estela la niña.

—Muy bien —dijo, muy socarrón, el padre Cabistán mirando al doctor Graham y cruzando los brazos sobre el abdomen—. Estamos esperando su dictamen.

—Usted también tiene caballo y anda a caballo —dijo desde su escondite Tirso el sacristán—. Y ya me acuerdo que anoche a medianoche me dijo que tenía que salir a santolear a un agonizante, y yo me levanté de mi cama y le ensillé la bestia.

El padre Cabistán, encolerizado, buscó la voz detrás de la puerta, con tanto talante de pendencia que aquello desdecía de su investidura.

—Los orines de este bacín no son de ningún muerto —dijo el doctor Graham.

—Eso ya se sabe —dijo el padre Cabistán.

—Sí son —dijo la viuda Carlota muy suplicante.

—Tampoco son de ningún hombre hecho y derecho —dijo el doctor Graham.

—No se esconda detrás de ardides como un cobarde —le dijo el padre Cabistán.

—Sí son de hombre hecho y derecho porque el chorro dejó espuma —dijo Estela la niña y se asomó al bacín muy de cerca, como al brocal de un pozo.

—Los curas no son hombres hechos y derechos porque usan naguas —dijo desde su escondite Tirso el sacristán—. ¿Serán orines de este cura?

—Seguí, que te estás cavando tu propia sepultura —dijo el padre Cabistán, buscando otra vez la voz, en un tono que ahora era y no era de amenaza.

—No. Tampoco son orines de éste ni de ningún cura —dijo el doctor Graham con calculado desdén, alzando un tanto su voz pacífica para que alcanzara a escucharlo Tirso el sacristán.

—Ya me cansé de estar oyendo hablar de orines toda la mañana como si fuera yo mujer vulgar, vaga y desocupada —dijo la viuda Carlota queriendo irse; pero el doctor Graham la retuvo con gesto amable, tomándola apenas por el codo.

—¿Quién es ese, por fin, que orinó allí en este bacín y no es hombre hecho y derecho? —le dijo el padre Cabistán al doctor Graham con galas de fingida suspicacia. Estaba ya todo tan claro que daba risa. Sobraban las suspicacias y quería rematar al otro de una vez.

—Éste —dijo el doctor Graham señalando a Filiberto el lechero con el dedo, pero sin aspavientos, como si apenas lo estuviera acusando de echar agua a las pichingas en un arroyo del camino para reponer la leche que se bebía en secreto.

—¿Ahora me van a calumniar con el lecherito? —dijo la viuda Carlota. Pero la indignación de su voz, en la que quería poner un tanto de ironía, se le quedó en una protesta muy cobarde.

—Filiberto el lechero no necesita arrancar ninguna tabla de la cerca porque entra en su caballo cargado con las pichingas hasta el traspatio de la casa —dijo Armodio el jardinero.

—¿Usted lo vio entrar esta madrugada? —le dijo el doctor Graham a Armodio el jardinero, mirándolo con cordialidad.

—Yo no, yo llego a mi trabajo después que él —dijo Armodio el jardinero.

—Entonces, no opine —le dijo el doctor Graham, con igual cordialidad—. Sepan, pues, que este muchacho lépero, por si alguna vez era descubierto, aflojó la tabla de la cerca para dar la apariencia de que por allí entra un hombre hecho y derecho.

—¿Y el zacate mordido por el caballo? —dijo Armodio el jardinero.

—Cuando descarga las pichingas en el traspatio, desensilla el caballo y lo echa a pastar detrás de la cerca, como parte de su ardid —dijo el doctor Graham—. Entonces se mete a la casa y sube las escaleras limpiándose antes los zapatones para no dejar huella de suciedad; cuando llega al tope de las escaleras se ha quitado ya por lo menos la camisa, y es ya desnudo que entra al aposento de la viuda Carlota, que en el ínterin ha dejado la puerta sin el pasador. Y tan silencioso como ha subido, baja antes de que alumbre el sol.

—Todas esas son mentiras —dijo la viuda Carlota, como en un rezo de súplica, buscando mientras tanto con la mirada a los santos que se le ocultaban de la vista, pues todos estaban tapados de los pies a la cabeza con lienzos morados por ser la cuaresma. Y, muy febril y sin concierto, ya temblaba toda.

—Sí, son mentiras —dijo a punto de llorar Estela la niña.

—¿Y cómo sabe usted todo eso? —le dijo el padre Cabistán al doctor Graham.

—Al asomarme al bacín de orines lo vi todo como en un espejo mágico —dijo en afán de burla el doctor Graham.

—Es porque este viejo pasmado anda rondando de madrugada la casa de la viuda Carlota a ver si se mete en ella —dijo Filiberto el lechero.

—Si fuera cierto me hubiera metido por el portillo que usted fabricó —le dijo el doctor Graham, sin perder nada de su ya proverbial cortesía.

—Y al apenas asomar la cabeza por ese portillo yo te la partía de un solo leñazo —le dijo muy furioso y descompuesto Filiberto el lechero.

—Ya ven —dijo muy sonriente el doctor Graham—. Así confiesa su delito.

Estela la niña se echó en eso a llorar con llanto de despreciada, muy alto y recurrente; miró a Filiberto el lechero, miró a la viuda Carlota, y fue a la viuda Carlota a la que bañó de orines vaciándole encima el bacín.

—¡No quiero escándalos en esta iglesia! —dijo el padre Cabistán al ver los orines que se derramaban por el piso desde la cabeza de la viuda Carlota cubierta con su chalina de encaje.

—¡Qué hora de decirlo! —dijo desde detrás de la puerta de la sacristía Tirso el sacristán—. Si nunca debió haber entrado ese bacín al templo.

La viuda Carlota huía hacia la puerta mayor bañada en orines y Estela la niña bañada en lágrimas dejaba caer el bacín ya vacío que rodaba con ruido de campana rota por las baldosas, para irse también gritando reclamos dolidos contra Filiberto el lechero que quiso alcanzarla pero luego aflojó el paso. Armodio el jardinero lo siguió.

—Vea quién fue a quitarle la viuda Carlota a usted, que tanto penaba por ella —le dijo con triste socarronería el padre Cabistán al doctor Graham, mientras los dos, llenos de gruesa envidia, miraban a Filiberto el lechero desaparecer en la resolana de la puerta mayor.

—Se la quitó a usted también —le dijo el doctor Graham dándose aire con el sombrero de cinta azul, porque allí dentro de la iglesia hacía ya un calor de fragua; y sus ojos azules, del mismo color de la cinta del sombrero, parecieron aguarse.

—Los dos son unos galanes de pantomima que no sirven ni para arrear vacas paridas —dijo Tirso el sacristán asomando primero su panza por la puerta de la sacristía.

—Ya callate y vení quitame todos estos ornamentos que me estoy ahogando de calor —le dijo el padre Cabistán. Desde la puerta mayor, la figura a contraluz del doctor Graham se volvía para despedirse con el sombrero de la cinta azul en alto.

—Caparte debía con estas tijeras por abusivo y atolondrado —le dijo Armodio el jardinero a Filiberto el lechero cuando ya iban de camino por la media calle bajo el solazo. Pero el otro no le contestó media palabra.

—¿Y está bella que valga la pena la viuda Carlota sin nada encima? —le dijo Armodio el jardinero al mismo tiempo que hacía tris tris con las tijeras de podar.

—¿Para qué querés saber? —le dijo Filiberto el lechero, y se detuvo.

—Sólo para saber —le dijo Armodio el jardinero, y su voz ya suplicaba—. Quiero saber cómo es ella desnuda.

—Siempre está oscuro ese aposento —le dijo Filiberto el lechero y siguió andando.

—Pero antes de tocar, algo debés de ver —le dijo Armodio el jardinero.

—Claro que sí —le dijo Filiberto el lechero, inflado de vanidad.

—¿En qué momento? —le dijo Armodio el jardinero.

—Cuando enciende ella el quinqué eléctrico de la mesa de noche que tapa después poniéndole encima su blúmer de seda —dijo Filiberto el lechero.

—¿Y entonces? —dijo Armodio el jardinero.

—Entonces unas partes del cuerpo desnudo se le ven, y otras siempre quedan oscuras —dijo Filiberto el lechero.

—Dichosos tus ojos —le dijo entonces Armodio el jardinero. Y suspiró.

*Managua, enero de 1995*

## Vallejo

*A Sergio, María, Dorel,*
*por aquellos años juntos*

*Las locas ilusiones*
*me sacaron de mi tierra...*
Vals criollo peruano

Para aquellos días de mediados de la primavera de 1974 en que apareció Vallejo, el *Tagesspiegel* trajo, otra vez, una de esas breves notas de páginas interiores en que se hablaba de las ventanas iluminadas. Un nuevo caso había ocurrido, ahora en Wilmersdorf, mi barrio, en la Prinzregenstrasse, muy cerca de la Helmstedterstrasse, mi calle: ambas tenían por frontera, de un lado, la Prager Platz, doméstica y discreta —expendios de butifarras, carnicerías, panaderías, el consultorio de un dentista, un taller automotriz y la pizzería *Taormina*—; y del otro, la Berlinerstrasse, de elegancias ya perdidas —ópticas, boutiques, perfumerías, una tienda de música poco frecuentada que exhibía partituras en sus vitrinas—, pero que aún podía disfrutar de la vecindad del remanso arbolado del Volkspark hasta donde, al comienzo de mi estadía en Berlín, yo solía llegar algunas tardes para descifrar a Kafka, en el penoso ejercicio de lectura en alemán que me había impuesto.

No es que el *Tagesspiegel* le diera a las ventanas iluminadas categoría de casos, ni mucho menos. Era yo quien mentalmente iba construyendo aquella cauda de ventanas encendidas en la noche, marcándolas sobre los meandros del plano de Berlín: fuegos fatuos que se prendían entre los infinitos vericuetos, canales, avenidas, bulevares, ramales ferroviarios, anillos de circulación, y antes de perderse para siempre, retornando a la oscuridad, brillaban en callecitas como la mía, de nombres pocos recordados. Hasta que, otra vez, el plano de tonos rosa, malva, magenta, amarillo, azul Siam, entreverado de infinidad de nombres y señales, volvía a arder en algún punto, al aparecer la noticia, como al contacto de un cerillo.

De una manera para mí misteriosa, aquellos fogonazos brillaban en el plano —si quería encenderlos a la vez, para verlos arder todos juntos— como una constelación armónica de estrellas equidistantes, formando una especie de círculo de hogueras que se llamaban unas a otras con sus resplandores fúnebres: una en Spandau, otra en Charlottenburg (ahora se encendía la que faltaba en este punto del círculo, en Wilmersdorf); otra en Schöneberg, otra en Neukölln, otra subiendo a Kreuzberg: faltaba aún una hoguera, una señal, una ventana iluminada brillando en la noche, palideciendo al llegar la madrugada, en Wedding, el distrito que se extendía, detrás del Tiergarten, entre Moabit y el lago de Tegel.

Guardaba en mi mente una visión del plano de Berlín y además, tarea de experto, podía desplegarlo sin tropiezos y leerlo de arriba abajo, única forma que tenía de sobrevivir en aquella selva (ninguna novedad es llamar selva a una urbe, pero es lo más cierto como metáfora) un animal doméstico como yo cuya única experiencia extranjera había sido hasta entonces San José, una capital donde todavía era posible que al presidente de la República lo atropellara una bicicleta por no saber atender a tiempo el timbrazo del conductor, tal como le había ocurrido a don Otilio Ulate al atravesar la Avenida Central, en la esquina del Banco de Costa Rica, frente a la Plaza de Artillería.

Wilmersdorf había sido uno de los antiguos barrios de la burguesía judía hasta la segunda guerra mundial; y mi calle, la Helmstedterstrasse, una de esas calles berlinesas tranquilas con tilos sembrados en las veredas, que ahora reverdecían relucientes de sol, un modesto desfiladero de edificios grises, bloques de cemento sin gracia, desnudos, adornados por alguno que otro cantero de flores en los balcones. En el costado de unos de esos edificios podía verse todavía, desleído por soles, nieves y lluvias, un viejo anuncio comercial de antes de la guerra, de colores ya indefinibles, quizás un anuncio de polvos dentífricos o de crema para la piel, no lo recuerdo; sólo recuerdo aquel rostro de muchacha ya apagándose para siempre, como un fantasma del pasado que se oculta en sí mismo, se borra y se esfuma en la nada.

No lejos de mi calle pasaba la Bundesallee, un río turbulento de automóviles, autobuses y trenes subterráneos, afluente que iba a desembocar, más lejos, a otro río aún más bravo y caudaloso, la Kurfüsterdamm; mi calle cerca del caudal pero un arroyo calmo, seguro, tranquilo, gracias a esa magia urbana del Berlín bombardeado de los káiseres que, pese a la irrupción de las improvisaciones de la modernidad, aún era capaz de preservar el sentido provinciano de los barrios, islas protegidas del revuelto turbión de las avenidas y bulevares maestros que se oían hervir, desbocados, en la distancia: en aquel barrio (ya hablé de la Prager Platz y de la Berlinerstrasse) se tenía a mano la carnicería, la farmacia, la frutería (el frutero teutón, calvo y alegre que salía a la puerta de su tienda para saludarme a gritos como un napolitano cualquiera y decirme, alguna vez que yo regresaba de la ferretería llevando en la mano un martillo recién comprado, no sé para qué menester: ¡eso es; clave bien su puerta, enciérrese bien!), la papelería a la vuelta de la esquina (una de esas papelerías alemanas bien surtidas —Staedler, Pelikan, Adler— que se volvían para mí, entregado al oficio de escritor, lo que las jugueterías o las confiterías para los niños: mazos de papel de cualquier peso, textura y grosor, carpetas en tonos pastel, marcadores de trazo sutil en toda su gama de colores deseables, gomas para borrar sin huella, pegamentos que no embadurnan, plumas fuentes que no manchan y papel carbón como la seda, que aún se usaba entonces para sacar copias a máquina. El contacto con los objetos del oficio, la nemotecnia como sensualidad, ¿no lo decía ya Walter Benjamin?).

Un oficio que yo practicaba con la constancia de un mecanógrafo, en horarios estrictos que empezaban a las ocho de la mañana y se prolongaban invariablemente hasta el mediodía. A la misma hora que yo, al otro lado de la calle iniciaban también su labor, con igual disciplina, las costureras de un taller de modas. En las nocturnas mañanas de invierno, ellas encendían las luces de su taller y yo las de mi estudio, ambos a la altura del segundo piso, y en breves descansos de nuestras tareas nos asomábamos, ellas por turnos a su ventana iluminada, yo a la mía, para divisarnos de lejos como pasajeros de dos trenes con rumbos distintos que se cruzan en la noche.

Aquellos edificios grises de la judería berlinesa parecían haber sobrevivido, incólumes, a los bombardeos y a los incendios, ¿o es que las bombas habían llovido lejos de la isla que seguía siendo Wilmersdorf, los incendios se habían desatado, voraces, en otras partes, nunca calcinaron esos arroyos, sino los ríos, más distantes? O los lagos, si así queremos llamar a las plazas: arrasada la Postdamerplatz, tal como fue y aún podía vérsela en las fotografías expuestas en el inmenso baldío que antes ocupó al lado del muro, peleterías, cafés, bancos, joyerías, restaurantes, hoteles suntuosos, tráfago de tranvías, legiones de peatones; y la Alexanderplatz, la otra colmena bulliciosa, teatros, cines, cabarets, redacciones de revistas y periódicos, cervecerías, de la que tampoco quedó nada, salvo, claro está, la novela magistral escrita por Alfred Doblin en 1929, que se llama, precisamente, *Berlin-Alexanderplatz.* Allí se alzaba ahora la torre de televisión de "el otro Berlín", como llamaba Vallejo al sector oriental de la ciudad.

Al pie de la alta puerta de cristales emplomados del número 27, el edificio donde yo vivía en la Helmstedterstrasse, podía verse aún en el umbral, incrustada en mosaicos, una estrella de David desgastada por la huella repetida de los pasos, una estrella ya apagándose, fría, negándose a sí misma, entrando en sí misma, en su propio olvido, como el rostro de la muchacha de cabello corto ya desteñido, cejas borrándose que fueron de trazo negro firme, su última mirada por encima del hombro desnudo ligeramente alzado, despidiéndose sonriente del mundo mientras desaparecía en la pared.

La familia judía que vivió en mi apartamento del segundo piso, ¿habrá atravesado ese umbral, hollado esa misma estrella que entonces brillaba con resplandores de holocausto, pisadas temerosas de adultos, pisadas tímidas de niños, para ser llevados, al frescor de la medianoche, en otra primavera como ésta de 1974, custodiados por los agentes de la SS enfundados en gabanes negros de cuero, iguales a esos de las películas de nazis, hacia la terminal de carga de las estación ferroviaria del Zoologischer Garten, o la de Friedrichstrasse, hacia algún campo de concentración, Birkenau, Treblinka, Buchenwald, hacia la muerte, hacia el exterminio? (Tulita: en una de las calles vecinas, en uno de esos edificios iguales de grises a los de la Helmstedterstrasse, ¿había una placa que recordaba que allí había vivido Albert Einstein? Sí, en la Jenerstrasse.)

La primavera de ventanas encendidas. El caso es que a partir de abril, en un barrio, en otro, una ventana quedaba iluminada porque ya no había quien apagara la luz; tras varias noches, alguien hacía notar a la policía que esa luz en esa ventana seguía encendida y entonces encontraban el cadáver; otras veces era por el olor a carroña que empezaba a llenar escaleras y pasillos; pero generalmente era la luz en la ventana, la ventana ardiendo como un lejano fanal en la oscuridad, lo que terminaba por denunciar que alguien había muerto solo, olvidado, abandonado.

—Y no hay escándalo —le comenté a Vallejo (¿o me comentó él?) mientras esperábamos en el paso de

Checkpoint Charlie, un domingo por la tarde, a que los policías de migración de "el otro Berlín", separados tras el grueso vidrio con bocina de la ventanilla velada por una cortina, terminaran de revisar nuestros pasaportes: los cadáveres de los solitarios son bajados sin ruido, por las escaleras, hasta el sótano donde espera la ambulancia discretamente estacionada en la rampa; esos sótanos gélidos y oscuros donde se almacena la hulla que alimenta las calderas de la calefacción en el invierno, y cada vecino tiene su medidor de electricidad y su propio tacho de basura, marcado con su nombre.

Una de las cosas que como provinciano del trópico había descubierto en Berlín, le iba diciendo a Vallejo, le dije llegando ya a la Unter den Linden (esta vez estoy seguro que fui yo), es que en aquella selva se podía vivir, y había viejos, sobre todo viejos, que vivían así, en la soledad más perfecta, sin familiares (los hijos terminan por abandonar, por olvidar a los padres que se van a morir lejos de nietos y calor de hogar, solos), ni amigos (los viejos dejan de tener amigos ¿en qué momento de sus vidas?), ni vecinos (porque ese concepto bullanguero, confianzudo, abusivo, nuestro de vecino, el que está al lado, no existe); que las puertas barnizadas, en la penumbra de los pasillos de los pisos, podían ser como tapas de ataúd, que cada vez que una de esas puertas se cerraba era como un golpe de martillo remachando otro clavo de ese ataúd (el anciano, la anciana, regresa con sus compras magras, poca comida para él / ella, comida para el gato, un portazo, tres vueltas a la cerradura; la soledad, único familiar cercano, madrastra de pechos secos y tristes, los ha vuelto rencorosos, hoscos, hostiles).

—¡Cuándo en el Perú, mi hermano! Uno no puede dar el alma si no está la recámara llena de gente, y viene gente que uno ni conoce, y lo llora sinceramente a uno —se condolía, se condolió, indignado, Vallejo.

Creo que mejor vamos a quedarlo llamando Vallejo porque es el nombre que le dimos desde su aparición. Era peruano del Cuzco y eso es todo lo que sé. Fue una mañana de mayo de 1974 cuando sus pasos resonaron por primera vez, huecos y enérgicos, en el cubo de la escalera que siempre permanecía en penumbra cualquiera que fuera la estación, y se detuvieron frente a mi puerta. Yo volví la cabeza, con la esperanza de que a través de la ranura que hacía las veces de buzón deslizaran algún panfleto de propaganda y que el panfleto cayera con golpe inofensivo en el piso de parquet, pero no; el timbrazo violento, aquel timbrazo de fin de recreo o intermedio teatral, reverberó en las estancias asoleadas, de ventanas abiertas por primera vez en muchos meses; las gasas de las cortinas aventaban, alocadas, hacia adentro.

Desconsolado, dejé mi asiento frente a la máquina de escribir y fui a ver quién era; desconsolado y ya con indicios de frustración y cólera, pues no pocas veces alguno de los estudiantes nicaragüenses en Berlín, porque desdeñaba las clases o ya había perdido el curso, no encontraba nada mejor que hacer que venirse a buscar plática conmigo. Precisamente en las mañanas, que era cuando yo escribía.

Era Vallejo, el cholo, quien me extendía la mano, sonriente. Lo recuerdo así: complexión de campeón de lucha libre retirado, cabello lacio, uno de esos cabellos de cerdas rebeldes sólo domeñadas ya en la edad adulta con libras de brillantina, o gorritas de media nylon talladas sobre la sorolpa durante la niñez, pero que de todas maneras siempre tienden a rebelarse con la fuerza de los rayos metálicos de un resplandor de santo cuzqueño. La piel del rostro cobriza, cetrina, restirada sobre las facciones incaicas (ojos achinados, nariz de gancho romo, boca abultada y grasosa) como el parche de un tambor de cuero crudo que conserva manchas y sombras indefinibles en su superficie. (¿Habrá tenido cincuenta años, Tulita? Poco más o menos.)

¿Qué se le ofrecía? Se le ofrecía que lo mandaban del DAAD (Deutscher Akademischer Austauschdienst, si alguien quiere el nombre completo), la institución que me pagaba el estipendio de escritor en Berlín. Había llegado a las oficinas del DAAD en la Steinplatz preguntando por algún escritor latino que quisiera escribir para él (que era maestro compositor, salido de la Accademia di Santa Cecilia, de Roma) un libreto para ballet sobre un tema indígena, y como yo era el único escritor latino becado ese año (los otros eran lituanos, noruegos, ucranianos, había un rumano: mi amigo el poeta Roman Sorescu), Barbara, quien se ocupaba de nosotros los escritores, le había dado mi dirección.

Y mientras penetraba hasta la sala de alto techo color marfil guarnecido en las esquinas de racimos de uvas insinuadas en yeso (la sala donde el adorno más notable era una vieja caja de caudales, por supuesto vacía, que la dueña del inmueble, una ginecóloga de Schöneberg, se negaba a sacar porque la operación de bajarla por la ventana con una grúa era demasiado costosa), con un ademán de sus labios grasosos me hacía notar la falta de cortesía al no invitarlo a pasar que él, de todos modos, remediaba ahora arrellanándose a su gusto en uno de los sillones, tres o cuatro sillones forrados en tela marrón en la sala despoblada y luminosa de cortinas de gasa aventadas y que ahora lamían, indolentes, el techo.

Al tiempo que se frotaba con fruición las manos, me preguntó si no tenía un cafecito; y al volver de mala gana trayéndole el cafecito sin haberme preparado uno para mí como la mejor señal de que aquella entrevista, él sentado y yo de pie, no tenía por qué demorarse, con toda la suavidad y la cortesía del mundo le fui diciendo que de ballet yo no sabía nada, nunca en mi vida había presenciado una función de ballet y mi cultura en ese aspecto no pasaba de haber escuchado, una que otra vez, algunas suites de *El Cascanueces* y el *pas de troix* de *El Lago de los Cisnes*.

Era cierto. Muchos años atrás, jugando con el dial en las tardes muertas de los sábados en mi pieza de estudiante en León, me detenía a veces en la *Radio Centauro*, una emisora de Managua dedicada nada más a transmitir música clásica, una rareza en un país de radios cumbancheras. Su propietario, don Salvador Cardenal, quien manejaba la tornamesa mientras acercaba la boca al micrófono porque se trataba de una radio muy pobre y casi doméstica, con los estudios instalados en un bajareque de su propia casa, daba a lo largo del día sus *Pequeñas lecciones de música de un aficionado para aficionados*. Tchaikovsky era frecuente en esas lecciones.

—Además, me repugna Tchaikovsky. Lo encuentro muy empalagoso —le advertí.

—Yo también —me respondió—. Tan empalagoso como las películas de Kent Russell, que es el

Dalí del cine. Lástima, cómo se desperdicia con él esa genial actriz que es Glenda Jackson. Y Dalí, ¡semejante franquista, semejante farsante! ¿Cómo puede llamarse arte a esos relojes desinflados que parecen pancakes de Aunt Jemima?

Pese a que aquella repuesta no variaba mi ánimo de salir lo más pronto posible de él, no dejó de seducirme; fue como una punzada de seducción. Vallejo no era ningún pendejo. Además, por lo que oía, Vallejo era de izquierda.

¿Y qué importaba mi ignorancia sobre el ballet dulcete y romanticón?, iba ahora de su sillón a la ventana, en derroche de entusiasmo: Stravinsky, *El pájaro de fuego*, de eso sí podíamos decir que me había privado, algo así debíamos lograr nosotros con el ballet indígena (el *nosotros* lo usaba ya con una seguridad tan confianzuda que podía llamar, por igual, a la ofensa o a la risa); además, de todos modos, la parte musical iba a ser responsabilidad suya, él era el compositor, lo que necesitaba era que yo le escribiera el argumento, que nos pusiéramos de acuerdo en un tema que tuviera fuerza dramática, sacado de alguno de los mitos fundamentales de la cultura inca, chibcha, quechua (maya-quiché, azteca agregué yo mentalmente, no te olvidés de nosotros: náhuatl, chorotega, de allí vengo yo); extraer de esa cosmogonía ritual los elementos de belleza plástica que pudieran plasmarse en la danza, siempre había un padre y una madre nutricios en el principio del mundo, desconcertados ante el poder de su propia obra, que era el caos, e incapaces, pese a su calidad divina, de elegir entre bien y mal; allí estaba el desafío humano: la lucha por el bien en contra de los dioses, o pese a los dioses, la lucha entre la tiranía, representada por los dioses padres, y la libertad, representada por los hombres hijos, que era, a la vez, la lucha entre la oscuridad y la luz: los dioses, arrepentidos de haber creado al hombre, queriendo volver el mundo a las tinieblas; y el hombre pugnando por hacer sobrevivir la luz. El triunfo de la luz, era la liberación. ¿O tenía ya pensado yo algo mejor?

Lo que yo pensaba, impaciente, porque la mañana se me iba, era que nada nuevo ni original me estaba proponiendo Vallejo en aquella perorata indigenista, y además, que esa filosofía vernácula no me interesaba, yo estaba en otra cosa, la novela que estaba escribiendo, *¿Te dio miedo la sangre?*, trataba sobre los años cincuenta, Nicaragua bajo los Somoza; nunca había leído ni siquiera el *Popol-Vuh*, para que él lo supiera de una vez, mentí.

¿Filosofía indigenista?, se asombró Vallejo. ¿Cómo podía expresarme así? Él tampoco había leído el *Popol-Vuh*, ¿de qué libro sagrado le estaba hablando? Pero si yo quería, que usara también el *Popol-Vuh*, tenía tiempo de documentarme bien, nada de improvisaciones: él ya había estado en la biblioteca del Iberoamerikanisches-Institut, allí tenían montones de materiales indígenas clasificados en los ficheros, sólo era cosa de que yo fuera a darme una asomadita hoy mismo en la tarde; dejando en prenda el pasaporte, a uno le prestaban los libros y folletos para llevárselos a su casa. Vallejo se demoraba en soplar el café esponjando los carrillos y no se lo bebía; soplaba inútilmente porque el café hace ratos debía estar ya frío.

Iban a ser las doce del día. Me había solicitado papel para pergeñar unos apuntes y esbozar unos dibujos (*pergeñar*, *esbozar*, eran términos muy suyos), y exponerme así su esquema escénico; y como yo me hice el desentendido fue él mismo a mi mesa de trabajo en la habitación contigua y trajo el papel.

Algunas veces sucede que uno se queda como entumido, ¿el piquete adormecedor de una tarántula, la embriaguez de modorra de un gas venenoso de efectos paralizantes, como esas nubes de color mostaza (¿gas de mostaza, se llama?) que avanzaban con lentitud mortal sobre las bocas de las trincheras sollamadas por el fuego durante la primera guerra mundial? Las hojas que Vallejo había tomado de mi mesa eran las tres que yo había alcanzado, nada más, a escribir esa mañana; pero él, no importa, les dio vuelta para usarlas de reverso.

Tulita reconoce de manera muy generosa que soy una persona calmada, pero también suele decir que hay ocasiones en que se me sale el Mercado, mi rama familiar de donde ella dice que heredé la parte agresiva de mi carácter, pero que yo llamaría, con más justicia, la parte defensiva: mis pobres mecanismos de repuesta cuando se agotan las posibilidades de la serenidad y la cordura, porque las circunstancias vuelven imposibles serenidad y cordura; en este sentido, la agresividad no es sino el instrumento último de la razón, su escudo y coraza final, me decía sentado allí frente al despreocupado Vallejo que ahora, queriendo manipular todo al mismo tiempo, con torpe movimiento había derramado el café sobre las hojas.

No importa. Y "salírseme el Mercado", Mercado mi apellido por la rama materna, era lo mismo que salírseme el indio: de niño, mi pelo, indómito al peine, fue domado con una gorrita de nylon, hecha con una media ya descorrida de mi madre, en los años posteriores a la segunda guerra mundial en que aún escaseaban las medias de nylon en Nicaragua; y gorra de media en la cabeza, yo salía valientemente a la calle a enfrentarme al cardumen burlesco de pilletes puñeteros que querían arrebatármela mientras mi abuela Petrona corría a defenderme (pillete era una palabra muy de mi abuela Petrona, puñetero era otra; y ésta última se la oí utilizar más tarde, y más de una vez, a Vallejo para referirse a la suerte: suerte puñetera, solía quejarse, moviendo doliente la cabeza).

Ya iba, pues, a estallar (estallar, lugar común del lenguaje cuando se refiere a un estado anímico; pero, ¿qué otra cosa poner si es ésa la verdad?), cuando en eso sonó otra vez el timbre, ruidosa encarnación del relámpago que se negaba a caer de los cielos para fulminar a Vallejo, y era Tulita que regresaba de sus clases de alemán en la Nollendorfplatz, poco después deberían regresar los niños de la escuela, el eco apresurado de su carrera de subida por la escalera primero, la urgencia infantil después haría sonar de nuevo el timbre de juicio final con clamores repetidos y los bultos escolares caerían como pesados fardos contra el parquet; hora entonces de colocar la funda sobre la máquina, hora de almorzar (las manos mágicas de Tulita preparando el almuerzo en cinco minutos contados reloj en mano), hora, pues, de sentarse a la mesa del comedor en la cocina frente a la ventana abierta por la que entraba el sol y se oía trinar, alegre y despierta, a la primavera, el sol tibio y radiante que empezaba a calentar las cacas de perro en la acera del supermercado Albrecht, sus vidrieras recubiertas con carteles de ofertas, visibles desde nuestra ventana, copiando en reflejos oscuros el verdor del follaje de los tilos de la vereda que volvían, otra vez, a la vida.

Si hubiera sido un día normal, pero no lo fue. Nada era normal en esos días. La aparición de Vallejo no confirmaba sino el viejo adagio de que los infortunios no se presentan solos, sino en pandilla. La beca de escritor, bajo las estrictas reglas prusianas duraba un año, ni un día más, así mi novela se quedara a medio palo; y mi intención era permanecer otro año en Berlín. Peter Schutze-Kraft, mi ángel custodio, quien me había conseguido la beca del DAAD, siempre seguro de sí mismo, llamaba todas las noches desde Viena, donde trabajaba y sigue trabajando como funcionario de la Comisión Internacional de Energía Atómica de la ONU, para decirme que no había razón de preocuparse; Johannes Rau, ministro-presidente de Nordrhein-Westfalen, que a su vez era presidente de la Fundación Heinrich-Hertz, se estaba ocupando de que se me concediera otra beca.

Mi desconfianza crecía, porque aquella era una fundación científica —no en balde Hertz era el padre de las ondas hertzianas— para becar investigadores sobre cuestiones relacionadas con las frecuencias radioeléctricas, la longitud de ondas, el espectro electromagnético, etc. No importa, repetía Peter con su habitual terquedad, en Alemania la literatura es una ciencia, *Literaturwissenschaft*.

Pero importaba. En mi cuenta bancaria el DAAD ya no depositaría sino una mensualidad más y habíamos empezado a aplicar un plan de emergencia doméstica: comprar en bodegas productos sin etiqueta, suprimir las excursiones al Cine Arsenal, dejar embancado el Renault condal que habíamos comprado de medio uso (recién llegados a Berlín, sin saber una palabra de alemán, al revisar los papeles del Renault nos enteramos de que su anterior propietario había sido un *Konditor*; un noble, pensamos, aunque resultó siendo un repostero; pero *Konditor* sonaba a título nobiliario). Y ahora para colmo, Vallejo.

Y para colmo, Tulita. Apenas entró y descubrió a Vallejo, recostado ahora en la caja de caudales mientras leía con aire reflexivo y preocupado lo escrito y dibujado en el reverso de las páginas de mi novela, el bolígrafo en los labios grasosos manchados de azul, corrió a saludarlo con la falta de premeditación que saluda, llena de alegría, a cualquier desconocido al que ve conmigo, asumiendo, sin detenerse a averiguarlo, que se trata de un íntimo amigo mío. Pero además, tras una sola mirada, lo adoptó.

—¿Se va a quedar a almorzar con nosotros, verdad?

—Claro que sí, encantado —dijo Vallejo, y fue por más papel al estudio.

Entre saludo entusiasta y adopción, hay una diferencia que ella misma establece. No le cuesta comprobar, tras un breve juicio sumario, quizá pidiendo mi testimonio con una rápida mirada, que yo le doy con otra igual, que ese alguien al que ha mimado en un *impromptu* de euforia cordial, no es un amigo íntimo mío, se ha equivocado, y punto. Pero amistad íntima confirmada no es prerrequisito para la adopción. La adopción goza en ella de su propio ámbito, tiene sus propias leyes y las defiende con encono: ¿qué no había visto bien a Vallejo, qué no me había fijado? Los zapatos raspados, un calcetín de un color, el otro de otro, la camisa descosida debajo de la axila, una de las mangas no tiene el botón del puño. Un examen minucioso, como todos los suyos, practicado en segundos.

Vallejo pergeñó otros cuadros sinópticos, dibujó más garabatos, entre ellos un proscenio con plataformas a dos niveles: abajo sería el infierno, el reino de la oscuridad; arriba estarían los héroes terrenales, dispuestos a bajar al infierno para derrotar a los dioses de las tinieblas. Las luces, en haces, deberían ser rojas para alumbrar las simas (plataforma A = infierno); y blanco opalescente para alumbrar la tierra encima del infierno (plataforma B = mundo de los mortales), muy arriba de la plataforma A; las dos plataformas, conectadas por cuatro escaleras, muy empinadas, para dar la sensación de descenso tierra / averno, dos en c/u de los laterales izq. / y der./, cada escalera de un color diferente, siendo, así, cuatro los caminos / escaleras: rojo, el de la vida, a la izq. y negro el de la muerte a la der. ...y otros dos colores que ya veríamos; decorados, simples: telones de seda negro, rojo, blanco, amarillo (vea, pues: estos dos últimos serán también los colores que nos faltaban para terminar con las escaleras, blanco a la izq., amarillo a la der. y así ya salimos de ellas); y debe haber un árbol en el centro, abajo, en el infierno; algo así como el árbol del bien y el mal, el árbol de la muerte y de la vida...

Y cuando Tulita llamó al almuerzo, yo tenía ya ganas de preguntarle de dónde había sacado un escenario completo para una representación de ballet que no tenía ni argumento dramático; para qué iban a servir aquellas escaleras de distintos colores, tan empinadas; quién iba a bajar por ellas, bailando, con el riesgo de desquebrajarse, y si no le parecía que aquello del árbol del bien y el mal no estaba ya escrito en algún lado, a lo mejor en el Génesis, el primer libro del Antiguo Testamento. Escrito, aunque aún no bailado, para hacerle alguna justicia a su inventiva.

Vallejo, plenamente satisfecho de los avances obtenidos, se dirigió al baño por el pasillo como si conociera de toda la vida el camino; oímos, tras largo rato, descargarse el retrete y luego se asomó a la puerta de la cocina pidiendo una toalla, no había toalla en el baño, la camisa remangada, manos y antebrazos chorreando agua, y así se quedó, en gesto de cirujano que aguarda en el quirófano a que le quiten los guantes de hule, concluida la operación, mientras María, la mayor de las dos mujercitas, iba a buscarle una toalla (ya estaban allí los tres niños de regreso del colegio, Sergio, María, Dora, preguntando quién era Vallejo y oyendo a Tulita responderles: un amigo de tu papá, lo cual era falso pero en aquel momento no iba a ponerme a desmentirla).

A la mañana siguiente Vallejo llamó por teléfono para preguntar si no había dejado olvidados sus apuntes y esquemas escénicos, como de verdad los había dejado (anoto, desde ahora, que nadie conocía su domicilio; Barbara en el DAAD no sabía nada de él, nunca le dio su dirección ni me la dio a mí; no tenía teléfono, solía llamar de algún bar, de cualquier cabina en la calle); de paso, quería decirme, me dijo, que quienes bajarían al reino inferior de las tinieblas por uno de esos cuatro caminos, serían dos príncipes hermanos, pero deberían saber escoger el camino rojo, que era el de la vida; si seguían el negro, morían. Que fuera viendo; ¿y si una vez que seguían el camino correcto y lograban llegar al reino del mal los sometíamos a otras pruebas, por ejemplo cinco casas de tormento: la casa de los cuchillos, la casa de las llamaradas, la casa del hielo, la casa de los tigres, la casa de los murciélagos? Casas de susto, como en el parque de diversiones del Tiergarten.

Al otro día volvió a llamar de urgencia para notificarme que debía acompañarlo, esa misma tarde, a una entrevista que había logrado concertar con un asistente ejecutivo del director de la Deutsche Oper. Y que no me fuera a olvidar de llevar los sktechs de escenarios, los íbamos a necesitar.

—¿Vas a ir? —me preguntó Tulita, entre cautelosa y extrañada.

Si yo estaba jodido, aquel peruano lo estaba más, justicia es justicia, le dije con algo de inquina. ¿No era ella quien había notado que usaba calcetines que no se correspondían?

La entrevista, por invitación del asistente, tendría lugar en el café del Hotel Kempinski, uno de los sitios más refinados y caros de Berlín, en la Kurfürstendamm: la cosa va en serio, entonces, dijo Tulita. Sí. Con el asistente deberíamos discutir de manera preliminar el montaje del ballet, aún sin tema ni título, y por lo tanto sin música ni coreografía, pero ya con una idea de escenario doble, plataformas A y B, cuatro escaleras, un árbol del bien y el mal, y dos príncipes sometidos a más pruebas mortales de las que aguantaría un hosco y escéptico público alemán.

—Y, ¿si dice que sí ese señor? —me preguntó Tulita, que no dejaba de entrever los últimos rescoldos de sorna ardiendo en el fondo de mis palabras. Pero ya no le respondí, y me encaminé a tomar el U-Bahn a la estación de Uhlanstrasse.

¿Y si uno de los príncipes, al equivocarse y escoger el camino negro era condenado a muerte por decapitación? Su cabeza es empalada, el palo florece, se vuelve árbol, la cabeza se convierte en un fruto entre otros frutos iguales, redondos, duros, como cabezas: el jícaro cubierto de jícaros, el árbol de las cabezas, ése sería el árbol del bien y el mal, el árbol de la muerte y de la vida. De pie, en el vagón atestado, mi propia cabeza empezaba a trabajar, pese a las prevenciones del buen juicio, en favor de Vallejo.

"Aquel señor" no dijo ni que sí ni que no, porque simplemente no llegó a la entrevista; y esa entrevista nunca fue concertada, ni el asistente existe, Vallejo lo debe haber inventado, todo es una farsa y una mentira, le dije a Tulita apenas me abrió la puerta, sudoroso y jadeante porque habiendo quedado sin medio centavo, tuve que regresar a pie.

—¿Por qué iba a inventarlo? ¿Con qué intención iba a querer engañarte así? —intentó ella una última defensa.

—Ajá, ¿y la cuenta? —la reprendí, herido.

Lo único real de todo aquello había sido la cuenta carísima y tuve que pagarla yo, ni para el tiquete del U-Bahn me había sobrado; Vallejo se declaró insolvente de manera tácita, es decir, poniendo su peor cara desvalida cuando al final de la inútil espera el camarero envarado, de frac cola de pato, se acercó con la cuenta reflejada en el agua bruñida de una bandeja de plata.

—Raro, porque los alemanes, sobre todo los altos funcionarios de la opera, son muy puntuales —dijo, mientras se aplicaba a los labios grasosos la imponente servilleta almidonada, de ribetes bordados, antes de ponerse de pie.

Nos despedimos en la vereda, de mi parte de muy mal modo, y fue quizá por eso que en los días siguientes no se atrevió a repetir sus visitas. Pero probó a llamarme por teléfono. Los niños habían sido instruidos para responderle que no estaba y Tulita no tuvo más remedio que negarme también si le tocaba atender; y si no había nadie más en el apartamento, yo dejaba sonar el aparato. ¿Cómo iba a saber que no era él?

Nadie me pregunte por qué, pero terminé por ponérmele. Y sin ningún preámbulo pasó a decirme, entusiasmado, que no nos habíamos acordado de la prima ballerina; debíamos crear entonces una princesa indígena. Que fuera pensando qué relación tendría con los dos héroes hermanos que bajan al reino de las tinieblas, ¿esposa, hermana, madre?

—Está bien, voy a pensarlo —le contesté, por no mandarlo al carajo.

(La princesa oye hablar a los caminantes del árbol encantado lleno de cabezas que murmuran entre las hojas. Sale a escondidas de su casa en busca del prodigio hasta que encuentra el árbol de ramas sarmentosas donde cuelgan las calaveras, como frutos sombríos, a la luz caliza de una luna menguante. Se acerca danzando al árbol. La cabeza del príncipe decapitado le pide que extienda la mano para escupir en ella; obedece, y entonces recibe en la mano abierta el salivazo. El semen / saliva penetra por los poros de la piel de la mano de la princesa hasta sus entrañas, y así concibe a otros dos príncipes vengadores.)

Haberle respondido el teléfono fue la señal que recibió Vallejo para volver, pero esta vez midiendo cautelosamente sus pasos. No se presentó por la mañana, sino al atardecer y traía colgando de la mano una bolsa plástica de supermercado que entregó a Tulita con la advertencia cordial de que le fuera preparando una sartén y una cacerola porque él mismo iba a cocinar. En la bolsa había un paquete de espaguetis, una lata de pomodoros italianos, un dispensador con queso parmesano rallado y además dos botellas de vino tinto húngaro (de una engañosa marca, Sangre de Toro, que yo solía comprar en tiempos malos, como los de ahora).

Esa vez no empezó hablando del libreto para ballet. Mientras yo, un tanto distante, lo veía manipular en la cocina los ingredientes, me contó cómo, para poder continuar sus estudios de música en Roma, había tenido que emplearse de pinche de cocina en trattorias de turistas del Trastebere después de que el gobierno de Belaúnde Terry le había suspendido la beca: tarde había dado el golpe el general Velasco Alvarado, y más se ha tardado, a pesar de sus magníficas intenciones, en barrer con toda la canalla infesta del Perú, mi hermano, para no hablar del atraso que lleva en devolver a su sitial de honor a la cultura autóctona.

—¿Y por qué el gobierno popular no le ha restituido la beca? —le pregunté, con mal disimulada insidia—. ¿Es que no ha planteado la solicitud?

—Hace tiempo mandé los papeles —me respondió él, con sobrada candidez—. Pero el Perú, uuuhhh... es lento, todo se queda en trámites. La burocracia en Lima todavía es virreinal...

¿Por qué no regresaba al Perú?, quise acorralarlo; a ayudar a expandir la cultura autóctona. Acababa de ver en la televisión a los campesinos de Ayacucho reunidos en Lima en una asamblea agraria, con sus ponchos y chullos, ocupando los escaños del Congreso Nacional clausurado; y en una radiofoto de ayer mismo, en el periódico, el general Velasco Alvarado saludaba a la multitud de indios en un mitin en Pucallpa, desde el atrio de la iglesia, luciendo un penacho de plumas en la cabeza. ¿Qué esperaba Vallejo para emprender el regreso a la tierra prometida?

—Que me alfombren de flores la avenida La Colmena. Quiero recorrerla en coche descubierto, desde la plaza Unión hasta la Plaza San Martín, abarrotadas de gente las veredas, las ventanas, y los balcones, a eso espero —dijo Vallejo—. Regreso hasta que haya brillado lo suficiente en Europa, compositor famoso, a poner en Lima el ballet que va a triunfar aquí. Si no, que se queden esperándome. A enseñar música en liceos de provincia, a enterrarme en vida, no voy.

Y sin mediar pausa, su conversación fue más allá de lo esperado:

—Yo sé que usted está molesto conmigo —me dijo mientras revolvía lentamente la cuchara en la salsa que comenzaba a borbotear.

¿Era aquella una manera de acabar de desarmarme? Lo fue. Sí, no lo niegue. Molesto porque cree que vengo a robarle el tiempo que dedica a escribir. Pero se equivoca, porque el libreto para ballet es importante, muy importante para su carrera de escritor; aunque reconozco que más importante para mí. Y sin usted, estoy perdido. Yo tengo las ideas musicales bien claras aquí, dijo, y se señaló la cabeza con la misma mano que empuñaba el cucharón; pero ninguna imaginación literaria. El argumento era sólo mío, de nadie más; y me iba a dar sobrada fama. Mío, salvo las ideas que él me había venido brindando y que estaba dispuesto a seguirme brindando siempre que yo estuviera de acuerdo, claro está.

Además, siguió, él no era ningún farsante, como a lo mejor yo podía creer; y como tenía las manos embadurnadas de salsa, señaló con un ademán de los labios grasientos hacia el bolsillo de su camisa donde guardaba una hoja de papel doblada en cuatro, y me pidió que la sacara, que la desdoblara, que la leyera: era una fotocopia, de esas de entonces impresa en papel grisáceo, difícil al tacto y con olor a ácido, del original de un documento de diez años antes en que se hacía constar que Vallejo se encontraba matriculado en la Accademia di Santa Cecilia. Constancia de matrícula, no diploma, me cuidé de comentarle.

Pero él dijo: un músico nunca termina de aprender. Así como no hay poetas graduados, tampoco hay compositores graduados. Nadie se gradúa de Dios, y Dios es el que crea el universo, cualquier universo. ¿Ha leído el *Doctor Fausto*? No el de Goethe, que ése es el molde; el de Thomas Mann, que tomó por modelo de su Doctor Fausto a Schönberg, un genio único, aunque no sirve para nada porque a nadie le gusta; la música dodecafónica, estoy de acuerdo, es un soberano dolor de huevos. Pero a pesar de eso, Schönberg es el genio que descubre mundos ignorados. Y Thomas Mann, otro genio, desentraña a ese genio. Fíjese que pareja de tarados.

Vallejo sabía hervir los espaguetis para darles esa textura precisa *al dente*, contrario a la ruina que eran aquellas masas informes que alguno de los estudiantes latinos en Berlín conseguía cuando yo era el invitado de honor de sus encuentros dominicales en el apartamento de cualquiera de ellos, espaguetis o pizzas medio crudas o medio quemadas, algún remedo de comida criolla y siempre cerveza tibia entre discusiones interminables y generalmente a gritos sobre el destino de América Latina, Cuba sí yankis no, el Che

Guevara uno, dos, tres, Vietnam es la consigna, Salvador Allende mucho más temprano que más tarde se abrirán las grandes avenidas... y la revolución autóctona del general Velasco Alvarado, que ya empezaba a cuartearse.

Pero no fue porque dejó de visitarme en las horas prohibidas y se acomodó a mi horario, ni porque me hubiera enseñado a preparar espaguetis (única especialidad culinaria de la que aún puedo vanagloriarme), ni porque fuera de izquierda y creyera en las revoluciones autóctonas, que empecé a convencerme de que escribiéndole su libreto para ballet yo no perdía nada, apenas un par de días, un fin de semana, las horas que dedicaba a mis cartas a los amigos; tampoco era, a esas alturas, para salir de él. No. Debía ayudarlo: ésa era mi convicción (¿era ésa?) solidaria, caritativa, benéfica, como quiera llamársele; Vallejo necesitaba el libreto, se moría de hambre, ¿de dónde sacaba Vallejo zapatos rotos, calcetines desconcertados, para sus compritas en el supermercado, porque ahora siempre se aparecía con alguna bolsa de plástico colgando de la mano?

Y, ¿si era cierto, como él decía, que el famoso asistente del director de la Ópera, que había vuelto a aparecer, poco a poco, en sus conversaciones, le había puesto un plazo fatal para entregar el libreto? De otro modo, la representación no entraba en el programa de otoño del año siguiente. (¿Y el éxito? La fama, el triunfo.)

Ese domingo que he contado, cuando cruzamos el muro por Checkpoint Charlie, íbamos a una representación de *Corolianus* de Bertolt Brecht en la Volksbühne, con entradas de platea conseguidas por

Carlos Rincón, que vivía de aquel lado y vino a invitarnos a Tulita y a mí (Vallejo, que estaba en el apartamento, se invitó solo, pero yo no me opuse; Tulita, que odiaba cruzar el muro, no quiso ir).

Actuaba Erich Maria Brandauer, el mejor actor de Europa, según Vallejo, y yo, de acuerdo, agrego: el mejor, mucho antes de que se le conociera por su papel en la película *Mephisto*; pero no se había filmado aún esa película y nunca la vimos juntos. Aunque al salir de la representación me comentó algo que pudo haberse aplicado a Brandauer: desde una butaca en el teatro, a lo mejor lejana, no era posible acercarse a la multiplicidad de expresiones de un rostro dotado y entrenado para la diversidad. Eso sólo lo permitía el close-up. Y si fuera necesario justificar la existencia del cine, aquella sería razón suficiente.

¿Había visto *Las reglas del juego* de Jean Renoir? (No la había visto; pero meses después de aquella conversación, poco antes de dejar Berlín, encontré que la daban en el Cine Arsenal, como parte de un ciclo de cine francés de entreguerras, y fui una noche a verla.): pues cuando la vea fíjese bien en Marcel Dalio, ese payaso de carpa ambulante que Renoir buscó para interpretar el papel del marqués de la Cheyniest; hay una escena en que muestra a sus invitados una espléndida caja de música, su mejor adquisición, porque coleccionaba cajas de música por gusto de rico ocioso; y nadie, después de verlo, puede olvidar ya ese rostro que muestra orgullo y humildad a la vez, mientras la caja de música toca ¿un vals de Strauss, algo de Monsigny?

—El cine no son sólo rostros —le dije yo—. Si fuera por eso, se podría representar el teatro tras una lupa colocada delante del escenario, y se acabó el problema. El cine son imágenes. Ni siquiera palabras.

Se detuvo y reflexionó largo rato, como si de la repuesta que fuera a darme dependiera su destino.

—Está bien. Pero el cine es un arte escénico, de todas maneras —respondió al fin—. Aunque estoy claro de que el único arte escénico de verdad es el teatro. La ópera, pongamos por caso, es ridícula: los galanes y las heroínas son gordos a reventar, anchos de caja porque el pecho es su instrumento musical; tragan pastas antes de cada representación para acumular energía, como los corredores de distancia. Contrario todo a la vida, porque las parejas trágicas no son así. Los enamorados pasionales son esmirriados, puro hueso. Y tampoco la vida es cantada, mi hermano. Dónde se ha visto que una tísica al borde de la muerte, como la Mimí de *La Bohemia* o la Violeta de *La Traviata*, sea capaz de tensar las cuerdas vocales de semejante manera; y para colmo, acostada en una cama.

—Tampoco la vida es bailada —le dije yo—. ¿Para qué quiere componer, entonces, un ballet?

—Ah, ¡ésa es otra cosa! —protestó—. Ya le dije que el ballet de sílfides, cascanueces de dibujos animados de Walt Disney, y bellas durmientes del bosque, con príncipes maricones, de pantaloncitos apretados para que se les note la talega de los huevos, lástima la dotación, no me interesa. Detesto ese ballet falso. La danza, para mí, es ritual. Tenemos que enseñarle a Europa cuál es el verdadero valor de la danza, la que crea el universo. Nuestra idea americana de universo. El bien contra el mal, las tinieblas contra la luz. La verdadera civilización.

—Eso es muy antiguo —le dije—. *Facundo* de Sarmiento, *Ariel* de Rodó. Pura polilla.

No —protestó él—. Esos dos vejetes en lo que creían era en la civilización europea. Yo hablo de redimir a Calibán. Calibán es el héroe americano verdadero.

—¿El buen salvaje?

—No, no. Yo no le hablo de discusiones académicas, nada de buen salvaje, mal salvaje o medio salvaje. Le hablo de una llamarada final que incendie el universo injusto y lo purifique. Fíjese bien: al final de su libreto, deje claro que las masas populares entran en el palacio de las tinieblas y lo toman por asalto. Allí empieza la verdadera civilización.

Iba a reírme, ya no me reí y tampoco le respondí nada. Al fin y al cabo aquel Vallejo, que era de izquierda, también era panfletario. Me cosquilleaba la lengua por preguntarle: ¿y esas masas indígenas, las metemos al palacio agitando centenares de banderas rojas?

De nuevo ante su discurso, tan lúcido a veces, tan populachero otras, como ahora que me hablaba de las masas en escena, volvía a desconfiar de la calidad de su música, que yo no conocía. Nunca había oído nada suyo. ¿Qué clase de música compondría Vallejo? Pero él, como si me estuviera escuchando pensar, me respondió:

—Lo mejor que he escrito es un trío para piano, cello y quena. Pero una obra así, monumental, un ballet, nunca lo he intentado. Hasta ahora. Y a propósito de nuestro ballet, logré que me dejaran sacar el *Popol-Vuh* de la biblioteca del Instituto Iberoamericano. Mañana le llevo su mentado libro sagrado de los quichés, a ver qué ideas encuentra allí. No querían. Tuve que firmar un compromiso de devolverlo en una semana.

Lo que me llevó fue una edición en rústica preparada por Adrián Recinos y editada en Guatemala por el Ministerio de Educación en 1952, en tiempos del gobierno revolucionario de Jacobo Arbenz, para ser regalada en las escuelas; aunque por la ceremonia y misterio con que me la entregaba, cualquiera hubiera dicho que era el manuscrito mismo de la traducción al castellano de fray Francisco Ximénez, cura doctrinero por el Real Patronato de Santo Tomás de Chuila, hecha en 1722 "para más comodidad de los ministros del Santo Evangelio" que no tenían, como él, la suerte de conocer la lengua quiché.

—Vea, mi hermano —me dijo esa misma vez—: yo sé que se las está viendo negras y le tengo algo.

En retazos de conversación, y mientras se nos volvía cada vez más asiduo, Vallejo había captado que la crisis doméstica no se resolvía. La nueva beca no llegaba y de un plan de emergencia habíamos pasado a otro más extremo.

Aquel *algo* era una conferencia que me había conseguido en Siemensstadt, el gran imperio industrial de la Siemens AG, más allá de Charlotenburg, cerca del lago de Tegel, donde yo debería alternar el siguiente domingo, por la noche, con un conjunto musical chileno; iban a pagarme doscientos marcos por la conferencia: esa fábrica es mantenida con grandísimos subsidios para crear la ilusión de que Berlín sigue siendo un emporio industrial, mi hermano, una gran vitrina del milagro alemán de este lado del muro para hacer más pobre y triste el socialismo sin luminarias del otro lado. Fábricas subsidiadas, turistas subsidiados, ¿no se ha fijado en esos superpullman de lujo que recorren las calles como si fueran llenos de turistas? Pues no son turistas, son ancianos contratados en los asilos por el municipio; escritores, artistas extranjeros subsidiados, contratados también para que vengan a vivir aquí.

—Yo no soy ningún escritor subsidiado —salté ofendido.

—Y qué, pues, mi hermano. Agarremos lo que podamos del occidente decadente. Ya quisiera yo un subsidio así, que me contraten para hacer bulto.

Cómo no iba a agradecerle a Vallejo, a pesar de sus impertinencias, aquel auxilio económico tan oportuno, conseguido gracias a sus entronques en Siemensstadt. ¿Nadie conocía a Vallejo en Berlín? El mito comenzaba deshacerse. Un hombre modesto, era cierto, pero tenía ciertas influencias, Tulita; si le hacía caso la Siemens, tan poderosa, ¿por qué no iban a hacerle caso en la Deutsche Oper?

Llegó a buscarme a la hora convenida, el Renault salió a la calle después de semanas, pasamos recogiendo a los músicos chilenos por la estación del zoo y arribamos puntualmente al salón de actos de la Siemensstadt, pese a todos los atrasos para que nos permitieran ingresar al complejo los guardias de seguridad, con los instrumentos a cuestas porque el Renault hubo que dejarlo, lejos, en el estacionamiento exterior.

En el salón de actos, un pequeño rincón del edificio de la biblioteca, que al fin encontramos tras corregir el rumbo muchas veces de una a otra vereda, se congregó un auditorio de trece personas formado por empleados jubilados de la Siemens (no olvido a la señora roja y robusta, como tubérculo recién hervido, sentada en primera fila, que nunca dejó de hacer calceta mientras el acto transcurría).

Leí en alemán apenas cuatro páginas sobre Miguel Ángel Asturias, después que me convencí de que escribir las diez planeadas originalmente era imposible, horas hasta el amanecer intentando frases para que Vallejo tuviera que volver a rehacerlas de nuevo, desde la raíz; Vallejo derrotado y sin segundo pantalón hablaba y escribía el alemán tan bien como el italiano.

Concluido el acto cultural, Vallejo se enzarzó en una discusión con el jovencito, oficial de relaciones públicas de la Siemens, que no quería pagarnos. Lo rodeaba con pasos violentos, más figura de luchador encrestado que nunca, las cerdas de su cabello rebelde aguzadas como las de un puercoespín, mientras el rubio lechoso mantenía en la mano, en actitud de duda hostil, los sobres con la paga.

Vallejo, ¡al fin! volvió al lado nuestro, ya los sobres en su poder. En el mío había doscientos marcos en billetes nuevos, frescos y tostados, verdaderas obras maestras de las artes gráficas alemanas (¿era un aguafuerte con la efigie de Durero, o la de Schiller, la que estaba estampada en esos billetes?). Aunque él, por delicadeza, nada nos explicó sobre el motivo de la discusión, yo me quedé sospechando que el rubio lechoso cuestionaba la calidad de la presentación, una conferencia demasiado breve, en alemán tropical, y un conjunto musical que no afinaba muy bien porque en aquellos tiempos casi todos los chilenos exiliados en Berlín escogían como primer oficio el de músicos vestidos de negro tipo Quilapayún, con tamborcitos, tamborones, vihuelas y quenas.

Después que se bajaron los músicos chilenos, otra vez en la estación del zoo donde también iba a quedarse Vallejo, antes de despedirnos le devolví la edición del *Popol-Vuh* y luego le entregué el libreto, midiendo por adelantado la sorpresa que debía transfigurar su rostro, la alegría que no podría contener. Pero lo único que hizo fue poner de manera rotunda la mano encima del sobre de manila, casi un zarpazo, sin mirarlo, como si se tratara del dinero convenido a cambio de un paquete de droga.

—Ya sabía que usted era hombre de palabra —dijo—. Ahora, déjeme que estudie esto con calma, y mañana lo llamo. Seguramente habrá que introducir cambios. —Y tras suspirar, mirarme y sonreír, todo de manera condescendiente, bajó del Renault poniendo cuidado en cerrar con suavidad la puerta, y desapareció por la boca del U-Bahn.

Hoy es domingo 20 de diciembre en Managua. Un domingo tranquilo, atrapado ya en el remanso de las vacaciones de Navidad que no terminará sino el 4 de enero del año entrante (he leído esta mañana en *El Nuevo Diario* un cable de la EFE que comenta estas vacaciones: uno de los países más pobres de América Latina se da el lujo de tener el descanso de fin de año más largo de América Latina); un domingo en el que se puede escribir y buscar papeles; y antes de proseguir con esta historia comenzada hace una semana entre los muchos sobresaltos e interrupciones que me depara la política, he abierto la alacena de los viejos papeles, los que han andado conmigo de Nicaragua a Costa Rica, de Costa Rica a Alemania, de Alemania de vuelta a Costa Rica, de Costa Rica de vuelta a Nicaragua, de los exilios a la revolución, para buscar la copia al carbón del "libreto para ballet", que al fin encontré.

Quería leerlo antes de proseguir, lo leí y aún no decido si entrará al final como un anexo, sin ningún cambio ni retoque, tal como la escribí entonces, ¿pensando, realmente, salir de un compromiso?, ¿complacer a un amigo al que ya quería o seguía teniendo sólo lástima? ¿Probar suerte yo mismo? ¿El éxito? La gloria, la fama.

Ahora al revisar el escrito, rectifico: he venido hablando de un libreto para ballet, y nunca llegó a tanto, quizá porque, de todos modos, como se lo advertí a Vallejo desde el principio, la empresa estaba fuera de mi alcance. Se trata de algo muy sucinto y que responde al subtítulo que entonces le puse, entre paréntesis: resumen de un argumento dramático para ballet.

Vallejo quería un tema de la cosmogonía indígena, y allí lo tenía: People's book, Volksbuch, *Popol-Vuh*, libro del pueblo, libro popular, bromeé yo, bromeó él esa noche en el Renault al entregarle la edición de Recinos y el libreto; a lo mejor no descendíamos de los mongoles sino de los germanos; nuestras lenguas madres aparentaban estar emparentadas.

Además, para que viera sus deseos cumplidos, al final del libreto se daba el asalto popular al palacio de las tinieblas. Luego de la liberación, los príncipes vengadores, Hunahpú e Ixbalanqué, se elevaban al cielo convertidos el uno en el sol, el otro en la luna; y los miles de asesinados por la tiranía, su cauda de estrellas, ascendían también con ellos. Él tendría que ponerle música a aquella victoria y consiguiente ascensión, concebir un *crescendo* final en que ninguno de los instrumentos de la orquesta sinfónica quedara ocioso.

Vallejo se presentó al día siguiente por la tarde, previo anuncio telefónico, y yo lo espere esa vez con mucho gusto. La entrevista fue muy profesional; en un cuaderno cuadriculado traía anotadas todas las preguntas pertinentes, y con lápiz de grafito había marcado muy cuidadosamente sus observaciones en los márgenes de las páginas de mi libreto. Trabajamos hasta muy noche y en ningún momento elogió o criticó lo que yo había escrito, simplemente se dedicó a preguntar y anotar; (algunas interrogaciones eran dudas escénicas que se planteaba a sí mismo): la princesa Ixquic debe ir acompañada de una comparsa de doncellas cuando se acerca al árbol de las cabezas; ¿el árbol de las cabezas puede estar animado, puede ser un bailarín? Cuando la cabeza lanza el salivazo en la mano de Ixquic y la deja preñada puede iniciarse un ritmo acompasado que da paso a otro frenético (danza de la fecundación); los bailarines de la comparsa de felinos pueden llevar cabezas y pieles de tigre como máscaras y atuendos; a la comparsa de búhos mensajeros, vamos a vestirla de gris, con máscaras en las que brillen los ojos amarillos; los señores de Xibalbá son los dioses del infierno: hay que buscar en los libros mayas estelas o vasijas donde se les represente, para copiar los atuendos demoniacos; tanto los hermanos Hun-Hunahpú y Vucub-Hunahpú, que sucumben al principio ante las artimañas de los señores de Xibalbá, como los hermanos Hunahpú e Ixbalanqué, que son concebidos por Ixquic por obra del salivazo de Hun-Hunahpú, deben bailar casi desnudos; aquí los cuerpos no deben ser estorbados en su poder de expresión.

—Bueno, ahora sólo falta la traducción —respiró hondo Vallejo.

Estábamos ya a comienzos de junio y el sol se volvía cada vez más frecuente en los brumosos cielos de Berlín. Los pasos huecos de Vallejo tardaban en sonar por la escalera, tardaba en llamar por teléfono, y yo me iba llenando de algo de inquietud; pugnaban en mí, tratando de tomar cada uno su parte, el amor propio herido: ¿sería que el propio Vallejo, o la gente de la Deutsche Oper no encontraban nada de valor en el texto?, y cierta esperanza oculta: lo que aquel trabajo podía significar en marcos. En la Ópera pagaban bien, me había advertido Vallejo; eran sumas que yo no podía ni imaginar, Von Karajan tenía una villa en los Alpes suizos, un castillo en Austria, su propio avión, a pesar de que la Philarmonie no era tan rica como la Ópera; en la Ópera era nada para ellos fletar un Jumbo-Jet y traerlo desde Bombay lleno de elefantes que sólo necesitaban una noche, para la representación de Aída.

La nueva beca seguía sin llegar. Una de esas noches fui con una partida de estudiantes latinos a un local cercano a la Kantstrasse regentado por un nicaragüense de apellido Arjona, que hacía tiempos había ya dejado de estudiar ingeniería eléctrica en la Technische Universität. Acepté la invitación porque Arjona conocía bien, me dijeron, la historia de dos estudiantes, nicaragüenses también, ocurrida en la década de los sesenta; ambos habían desaparecido mientras viajaban en automóvil de München a Berlín y cerca de un año después, sus cadáveres, casi sólo ya los esqueletos, habían sido descubiertos, medio enterrados, en un bosque de abedules al lado de la carretera, cerca de Magdeburg, en Alemania Oriental. La historia se repetía siempre entre los estudiantes latinos, con misterios de cuento de espionaje, lo cual, lógicamente, me seducía; y Arjona, amigo de los desaparecidos, la conocía de primera mano; uno de ellos, pelirrojo, había podido ser identificado por los restos de mechones cobrizos en el cráneo pelado.

Pero sólo agregué misterio al misterio esa noche, porque Arjona, tras un primer entusiasmo, empezó a retractarse, a ocultar datos, a olvidar y a excusarse al final porque debía atender a los clientes, todo como si se arrepintiera de haberse ido de la lengua; o a lo mejor fingía arrepentirse como parte de su show, no sé y ya nunca pude averiguarlo porque ni volví a su local ni volví a verlo a él. Pero ya cerca de la medianoche, cuando los músicos del combo que esa vez actuaba allí se instalaban en el pequeño estrado de madera, descubrí en la medialuz una figura que desde su silla se agachaba para sacar su instrumento del estuche que descansaba en la tarima, un clarinete, quizás una flauta; una figura de luchador retirado, el pelo de cerdas rebeldes, envaselinado, recortando su brillo contra la penumbra.

Yo me separé del grupo y me dirigí a la tarima pero cuando llegué la figura ya no estaba. El combo, formado por venezolanos y dominicanos, empezó su ejecución y no le faltaba ningún músico; en el primer descanso volví a acercarme y les pregunté si no tocaba ningún peruano con ellos. Se miraron entre sí, y luego contestaron que no, aunque igual que en Arjona, algo de misterio forzado me pareció advertir en sus repuestas, y aun en la broma con que uno de ellos celebró al final mi pregunta: la música tropical no llega tan lejos, me dijo; no había andino que supiera sonar las maracas, y la quena era muy triste para guarachas.

¿Estaban protegiendo de mí a Vallejo, por instrucciones o súplica suya, que no quería verse descubierto como músico cualquiera de un combo de tercera y había escogido huir esa noche del local, renunciando a la paga? La paga que le daba para llevar espaguetis de regalo a mi casa, queso parmesano, latas de pomodoros italianos.

Antes de las siete de la mañana del día siguiente, una hora inusitada, llamó Vallejo por teléfono. El grito de Tulita me llegó por todo el pasillo hasta el cuarto, donde terminaba de vestirme, y acudí a responder la llamada, sin prisa pero con ansiedad. Cuando tomé el auricular escuché por un buen rato una tos ronca, desgarrada, que se sosegó al fin para decir aló y mil perdones, había estado enfermo, incluso lo habían internado por una semana en el hospital de Moabit (y todo me iba sonando a falso otra vez, la tos una estafa, la historia del hospital otra estafa, excusas para justificar su silencio. ¿Y por qué se me escondió anoche?, quise preguntarle. ¿Cree que a mí me importa que usted se gane la vida como músico de un combo?); pero al regresar ayer se sentía tan bien otra vez que fue andando del hospital a su casa, se había encontrado la carta que quería leerme: el libreto, traducido al alemán por el propio Vallejo, era plenamente satisfactorio decía el propio director de la Deutsche Oper, y él (Vallejo) podía proceder, a su vez, a componer la partitura (ya estaba trabajando en ella desde ayer mismo), previos los contratos que serían firmados tanto con el libretista (yo) como con el autor de la música (Vallejo), mientras se procedía a seleccionar al coreógrafo y al escenógrafo, etc.

En resumen, nos daban cita en el despacho del director de la Ópera para el día siguiente (cita que Vallejo se había apresurado a confirmar desde la tarde anterior, pues habían pasado demasiados días entre la carta y su regreso del hospital de Moabit); llamé anoche pero usted no estaba, dijo Vallejo con voz agotada al otro lado de la línea (y después Tulita me confirmó que era cierto, Vallejo había llamado, ¿cerca de la medianoche?, le pregunté a Tulita, todavía lleno de suspicacias. Sí, por nada la mata del susto, las llamadas a medianoche son siempre llamadas fatales).

—Usted sabe cómo son los alemanes de formales y a esta clase de citas hay que ir debidamente vestido —me advirtió al final de la conversación—. Es el director de la Deutsche Oper en persona.

La cita era a las cinco de la tarde. Un cuarto antes de la cinco Vallejo y yo debíamos encontrarnos en la escalinata de la Ópera.

—Voy, porque me encanta que me engañen —le dije a Tulita. Ella prefirió guardar silencio.

A las tres empecé mis preparativos, desde lustrar los zapatos, pasar por un corte de pelo a manos de Tulita, que además planchó el traje oscuro, ponerme corbata por primera vez en muchos meses. (Vallejo tenía sobrada razón al prevenirme de acudir formalmente vestido, ya me había pasado el año anterior cuando me tocó acompañar a Tito Monterroso a una cita en el Iberoamerikanisches-Institut, él muy bien trajeado y yo de pantalones de corduroy y suéter, el pelo largo, a la usanza del comienzo de los setenta; el director ofreció café a Tito, llevaron dos tazas en una bandeja, para Tito y para el director, hasta que Tito, que ya me había presentado, se las ingenió para recordar mi presencia diciendo esta vez: —El doctor Ramírez... —título mágico en Alemania—; y trajeron, hasta entonces, una tercera taza de café.)

Un cuarto antes de las cinco de la tarde salía yo de la estación del U-Bahn de Bismarckstrasse, diez minutos antes de la cinco estaba en la escalinata de la Deutsche Oper. Pero, ¿adivinan qué? Vallejo nunca llegó. Tampoco me preocupé, ya pasadas las cinco (esté muy puntual mi hermano, en Alemania nadie se anda atrasando en las citas, se las cancelan y punto), de averiguar con el portero si aquella cita estaba realmente anotada en el registro de ese día, y mejor concluí, otra vez, buscando paz y tranquilidad finales para sobreponerlas como una losa encima de rencor y frustración, que todo era mentira, que todo había sido mentira desde el principio; y me dije que ya no volvería a aceptar ninguna otra excusa de Vallejo cuando se apareciera, aunque fuera con más bolsas de supermercado, o volviera a llamar por teléfono, liberado ya para siempre de aquella inútil carga mientras pasaba de lejos, ahuyentado por la falta de plata para libros, frente a las vitrinas de la librería *Marga Zehler*, donde deambulaban en silencio los clientes por los pasillos iluminados con suaves luces de santuario, y entraba en la boca del U-Bahn de la Bismarckstrasse, por donde había venido, metido en la marea de gente, empujado por la marea de gente hasta la otra playa, mi playa de la Helmstedterstrasse donde me esperaba la novela que debía terminar, y donde no estaría ningún Vallejo esperándome no debería estar ya Vallejo nunca más.

Tulita y yo cerramos esa noche el capítulo Vallejo entre lejanas recriminaciones, como esas tormentas que se oyen en Nicaragua tronar muy lejos porque está lloviendo lejos, en otra parte, y sacándole ya a la historia sus aristas humorísticas, que son las únicas que deberían sobrevivir de ella entre nosotros cuando la recordáramos años después.

Y sobre todo, porque el día siguiente la primavera amaneció más radiante que nunca: sobre el parquet, una carta express del jefe del Departamento de Literatura Hispánica de la Universidad de Colonia, encargado de administrar la nueva beca que la Heinrich-Hertz-Stiftung me concedía por un año; debía viajar a Colonia a firmar los papeles, un viaje de un día, sólo era cosa de conseguir que algún amigo, y fue Carlos Rincón, me prestara el valor del pasaje aéreo, y ya a partir de junio en mi cuenta bancaria comenzaría a aparecer, de manera cumplida y rigurosa, el depósito mensual de la beca.

¿Cuánto tiempo pasó? Se alejaba ya la primavera y empezaban a extenderse hasta las primeras horas de la noche las tardes del verano. Los niños, desnudos, jugaban en los cajones de arena de los parques y las cacas de perro se cocinaban ya a pleno sol en la acera del Albrecht, la pizzería *Taormina* sacaba a las veredas sus mesas bajo los parasoles listados de rojo, blanco y verde en la Prager Platz. Mi novela recuperaba su avance, mis excursiones al Cine Arsenal se habían vuelto a reanudar y nos preparábamos para un viaje en el Renault, que sería en julio, hasta Hinterzarten, en la selva negra, invitados por Peter. Y ya para finales de junio apareció en el *Tagesspiegel* la que sería ya la última de las notas de esa temporada sobre las ventanas encendidas; con lo que parecía confirmarse que esa primavera de 1974 había llegado a su fin.

La señal luminosa, aquel fuego fatuo que la última vez, muy cerca de mi calle, en la Prinzregenstrasse, había quemado como al contacto de un cerillo los tonos pastel de mi plano mental de la ciudad en el sector de Wilmersdorf, se alejaba con su cauda errante y brillaba ahora en el distrito de Wedding, en otra calle sin lustre, la Thomassiusstrasse, la última hoguera que faltaba para cerrar aquella rueda misteriosa que yo podía ahora ver centellear completa, girando como una corona de ardientes estrellas.

Era una de las partes más sórdidas de Berlín, más allá de Helgoldufer, tras una de esas vueltas que daba el canal por donde circulaban barcazas que transportaban hulla y materiales de construcción, una breve calle de dos o tres cuadras atrapada entre los muros de ladrillo rojo de una usina eléctrica abandonada, que parecía más bien una iglesia luterana, con sus ventanales góticos de medio punto; y culatas de almacenes, también abandonados, al final de la cual se erguían dos o tres edificios de apartamentos, decrépitos y sucios de hollín y desde cuyos patios interiores parecía soplar un viento frío por las bocas de los portales oscuros, a pesar de los anuncios ya incontrastables de verano. Pasando el cruce de la Alt-Moabit, y donde la calle tomaba ya otro nombre, la pequeña iglesia de St Johannis se escondía en la oscuridad, frente a los torreones de la prisión de Moabit; y un poco más lejos, en la Turmstrasse, se hallaba el hospital.

Recuerdo todo este panorama porque fui allí en el Renault, una noche, en busca de poder divisar, de lejos, la ventana que en uno de aquellos dos o tres edificios de la calle patibularia había permanecido encendida por días; y creí encontrarla porque era la única que ahora, al revés, no fulguraba en esa hora en que las familias de empleados de supermercados, guardavías, oficinistas, conductores de autobuses, estarían cenando, o viendo el *Tagesschau*, el noticiero de la televisión; porque de las ventanas abiertas, mientras yo recorría a pie las veredas desoladas, bajaba un rumor de platos, cuchillos y voces; y desde alguna de esas ventanas, una mujer se asomaba al alféizar para llamar a gritos hacia una parvada de niños que jugaba en la esquina bajo el farol, *kommt mal zu essen!*

Un hueco oscuro, como un ojo tuerto, su brillo faltando a la perfección de la totalidad entre los cuadrados de grata luz familiar que se extendían por las paredes grises. Más tarde se apagarían, igualándose con la que ahora permanecía ciega pero que por días estuvo iluminada hasta el amanecer, fue desapercibida en el día y otra vez, en la noche, se emparejó a las que brillaban, y al apagarse todas se quedó ardiendo sola hasta que algún vecino que salía a trabajar de madrugada telefoneó, al fin, a la policía, buscaron al conserje, no tenía copia de la llave, fue expedida una orden judicial para que un cerrajero del vecindario forzara la puerta. ¿Había apagado las luces del misérrimo apartamento alguno de los oficiales de policía o lo había hecho el conserje antes de cerrar, cuando se fueron todos, el último golpe de martillo, el último clavo remachado en la tapa del ataúd mientras los camilleros bajaban las escaleras con su carga hasta el sótano en busca de la ambulancia discretamente estacionada en la rampa, el sótano donde se almacena el carbón y se alinean, ocultos, los tachos de basura?

Antes de aquella excursión nocturna, yo había buscado en la guía telefónica la dirección del Consulado del Perú. Encontré que estaba instalado en el Europacenter al final de la Kurfürstendamm, la gran torre de oficinas y galerías comerciales encima de la que se erguía, gigantesca, la estrella de la Mercedes-Benz. El Consulado del Perú no era más que una agencia comercial, o algo así, y el gerente ostentaba el título honorario de cónsul, así lo decía la placa de bronce reluciente al lado de la puerta del despacho; nadie hablaba español allí, nadie estaba para escuchar las preguntas de un nicaragüense que en mal alemán indagaba, ya sin sentido, sobre un peruano solitario de la Thomasiusstrasse en Wedding, una calle tan cercana al hospital de Moabit que un convaleciente bien podía hacer el trayecto a pie, nadie para escucharme hablar de una ventana encendida por días brillando en la oscuridad de las noches que eran ya estivales, un cuadrado de tenue fulgor amarillo empezando a destacarse en el lento crepúsculo tardío que caía sobre Berlín mientras en el cielo, aún con rastros de claridad, pulsaban lentas las estrellas, palideciendo la ventana al amanecer mientras la lámpara junto a la mesita de trabajo seguía ardiendo y quién iba a apagarla, la mano como una garra sobre la mecanografía de un libreto para ballet y las hojas de papel pautado alborotadas volando sin concierto por la estancia en alas del aire de la primavera que penetraba en soplos por la ventana abierta, y quién iba a cerrarla:

## El árbol de las cabezas
## (Resumen de un argumento dramático para ballet)

### I

*Hun-Hunahpú* y *Vucub-Hunahpú* son dos príncipes hermanos, maestros en la poesía, la danza y el canto, flautistas sin mácula, hábiles tiradores de la cerbatana, joyeros consumados y los más diestros jugadores de pelota, el juego sagrado de los quichés. (Desnudos, sólo llevan en la cintura un refajo colorido; adornan su cabeza con un penacho de plumas de quetzal.)

Hijos de la princesa *Ixmucané* (tiara, collar de pedrerías, brazaletes), desde su nacimiento gozan de la protección de *Huracán*, el dios del cielo, quien les ha entregado la pelota sagrada que los vuelve invencibles.

La morada donde los hermanos habitan está en un lugar llamado *Carcach* (plataforma superior A: casa sin fachada, visible su interior; lateral der. troje de maíz; al frente, campo de juego de pelota), encima del reino infernal de *Xibalbá* (plataforma inferior B: palacio sin fachada, con atrio, visible su interior; al frente, campo de juego de pelota; en el lateral izq. la casa de los tormentos), donde gobiernan unos señores déspotas, *Huncamé* y *Vucub-Camé*. (Vestidos de negro, como buitres.)

Estos señores de las tinieblas mantienen bajo férreo dominio a sus súbditos, auxiliados de una comparsa de felinos (desnudos de torso, se cubren la cabeza y espaldas con pieles de tigre), esbirros sanguinarios que roban y despedazan a los caminantes y consuman los sacrificios y tormentos.

Otra comparsa de servidores de los señores de *Xibalbá* es la de los búhos, los mensajeros de la noche, portadores de malas nuevas y sentencias de muerte. (Van vestidos de gris y en sus máscaras brillan, como joyas, sus ojos amarillos.)

Los señores de *Xibalbá*, también jugadores de pelota, se ofuscan por el alboroto que hacen los dos muchachos al jugar encima de sus cabezas. Y además, se resienten al escuchar las noticias de que no hay otros jugadores como aquellos sobre la tierra. Pero sobre todo, les entra la ambición de apoderarse de la pelota sagrada que aquellos poseen y los hace invencibles.

"¿Qué están haciendo esos dos sobre la tierra? ¿Quiénes son esos que hacen temblar el techo de nuestro palacio y provocan tanto ruido? ¿Por qué se atreven a jugar encima de nuestras cabezas? ¡Que vayan a llamarlos! ¡Que vengan aquí a jugar la pelota, donde los venceremos! ¡Ya no somos respetados por ellos! ¡Ya no tienen consideración ni miedo a nuestra categoría!" Así hablaron, así ordenaron *Huncamé* y *Vucub-Camé*, los señores de *Xibalbá*.

Y mandaron entonces a sus mensajeros nocturnos, los búhos, a invitarlos muy cortésmente a celebrar un desafío en *Xibalbá*, pero con el propósito secreto de asesinarlos y apoderarse de la pelota sagrada y los demás instrumentos del juego: guantes y rodelas, anillos, coronas y máscaras.

Los hermanos aceptan el reto, se despiden de su madre *Ixmucané* y, acompañados de la comparsa de búhos mensajeros, emprenden la marcha hacia el reino de *Xibalbá*, pero sin llevar consigo la pelota sagrada, que dejan escondida en un hueco del tabanco de su casa, la troje donde se guarda el maíz (lado der. de la plataforma A). Sólo *Ixmucané*, su madre, conoce ese secreto.

Los mensajeros los conducen a un cruce de caminos —uno rojo, otro negro, otro blanco, otro amarillo—, donde deberán escoger uno de los cuatro para descender al reino de *Xibalbá*. (Cuatro escaleras, dos a cada lado del escenario, que descienden desde los extremos der. e izq. de la plataforma inf. A, hacia la plataforma sup. B: rojo / blanco a la izq; negro / amarillo a la der.)

Los príncipes hermanos se dejan engañar por el consejo de los búhos y eligen el camino negro, que es el de su perdición, pues por él sólo se va a la muerte. Cuando por fin llegan al palacio de los señores de *Xibalbá*, ya están de antemano condenados.

Los señores de *Xibalbá*, *Huncamé* y *Vucub-Camé*, junto con sus secuaces, los felinos carniceros, permanecen ocultos de la presencia de los dos visitantes; en los tronos y asientos de honor han sentado en cambio a unos muñecos de palo, burdamente labrados. (Maniquíes.) Los príncipes hermanos, confundidos, saludan a los muñecos como a los verdaderos señores y cortesanos, que ríen desde sus escondites con ruidosas carcajadas.

Sosegadas sus risas, desde las sombras les ofrecen asiento, pero es un nuevo ardid, porque los bancos están hechos de pedernal ardiente para que al sentarse, se quemen el trasero. Los hermanos brincan, asustados, entre las risas y burlas redobladas de sus enemigos.

El juego entre los visitantes y los señores de *Xibalbá* está preparado para el día siguiente al alba, pero antes, esa noche, los hermanos deben sufrir la prueba de la casa de los tormentos (lat. izq. plataforma B): el aposento oscuro, el aposento de hielo, el aposento de las víboras, el aposento de los murciélagos, el aposento de las navajas.

La comparsa de secuaces, los felinos carniceros, los conduce a la casa de los tormentos (ubicación ya indicada, aposentos montados sobre un torno), para empezar la primera de las cinco pruebas en el aposento oscuro. Les entregan, para alumbrarse, una antorcha de ocote que debe arder sin consumirse. Esa es la prueba. Cuando regresan los felinos carniceros les reclaman de vuelta la antorcha intacta, pero la raja de ocote se ha quemado toda. Esto quiere decir que han sido derrotados y ya ni siquiera es necesario seguir con las pruebas restantes.

En castigo, la comparsa de felinos carniceros no tarda en despedazarlos. Una vez consumado el sacrificio, los señores de *Xibalbá* ordenan que sus despojos sean quemados para que no quede rastro del paso de los príncipes hermanos por la tierra, ni recuerdo de sus juegos ni de sus cantos. Pero como entre sus instrumentos de juego no encuentran la pelota sagrada, ordenan también cortar la cabeza de *Hun-Hunahpú* para empalarla a la vista de todos, en escarmiento por el engaño.

El palo, sembrado junto al campo de pelota de *Xibalbá*, donde ya no tuvo lugar el desafío, se transforma en un árbol que florece y va cubriéndose de frutos duros y redondos. (Conveniente juego de luces para disimular que el árbol sale por una trampa del escenario, gracias a un elevador.) La cabeza de *Hun-Hunahpú* se convierte entonces en otro fruto más del árbol del jícaro, creación de *Huracán*, el dios del cielo.

Los señores de *Xibalbá*, maravillados por el portento, convocan a todos su súbditos y ordenan, bajo pena de muerte, que nadie se acerque a aquel árbol de las cabezas, que queda bajo la custodia de la comparsa de felinos carniceros.

## II

La historia del árbol de las cabezas llega a oídos de una princesa llamada *Ixquic* (malla que la haga aparecer como desnuda; diadema), quien la escucha referir a su padre *Cuchumaquic*, capitán de la comparsa de secuaces de los señores de *Xibalbá*, los felinos carniceros.

"¿Por qué no he de ir a ver ese árbol que cuentan? Ciertamente deben ser sabrosos los frutos de que oigo hablar", dice. Y a escondidas de su padre se pone en camino, ella sola, logrando llegar al sitio donde el árbol alza sus ramas junto al campo de pelota. Los guardianes le cortan el paso cuando ella trata de acercarse al pie del árbol, pero luego, subyugados por su gracia y su belleza, le conceden admirar los frutos de cerca, con la condición de no tocarlos.

*Ixquic* contempla el árbol de jícaro y, aprovechando el descuido de los guardianes, alza sus manos para cortar uno de los frutos. *Huracán* guía la mano de la princesa a tomar la cabeza de *Hun-Hunahpú*, que cuelga de las ramas entre los demás frutos.

*Hun-Hunahpú* la detiene, preguntándole si realmente quiere el fruto: "¿Por ventura, lo deseas, así lo quiere tu alma?", le pregunta. Ella se maravilla de escuchar aquella voz melodiosa que murmura entre las hojas y afirma que sí, así lo quiere y desea su alma.

*Hun-Hunahpú* le pide entonces extender la mano derecha y le lanza un chirguetazo de saliva. Ella, asombrada, se mira la palma de la mano, siente arder la piel un instante, como al contacto de la lumbre, pero a poco la saliva ya no esta allí, se ha ido a través de los poros a sus entrañas.

Así engendra *Hun-Hunahpú* con su saliva a *Hunahpú* e *Ixbalanqué* que saldrán del vientre de *Ixquic* gracias al milagro provocado por *Huracán*, sólo para vengar a los príncipes asesinados.

Al cumplirse seis meses de su embarazo, el estado de *Ixquic* es advertido por su padre *Cuchumaquic*, quien la interroga y amenaza; al insistir ella en su silencio, la conduce ante los señores de *Xibalbá*. Como tampoco delante de ellos quiere confesar quién la ha poseído, es mandada sacrificar.

*Cuchumaquic* se muestra abatido al escuchar la sentencia, pero no puede evitar que se cumpla; y como capitán de la comparsa de secuaces, los felinos carniceros, él mismo debe darles la orden de matar a su hija. Así lo hace. Y además les dice que deben volver con el corazón de *Ixquic* dentro de una jícara para quemarlo frente al altar.

Camino del lugar de la ejecución, *Ixquic* revela a los guardianes el secreto de su preñez y les pide dejarla vivir para poder dar a luz a los dos nuevos príncipes, *Hunahpú* e *Ixbalanqué*. Los guardianes, otra vez subyugados, aceptan el ruego. La liberan y depositan en la jícara, en lugar del corazón de la doncella, la savia colorada recogida después de herir la corteza del árbol de la sangre, que se llama palo de grana; y la savia se coagula dentro de la jícara en forma de corazón.

Los guardianes regresan a dar razón de su cometido. *Cuchumaquic* recibe la jícara e inicia, por orden de los señores de *Xibalbá*, el rito de quemar el supuesto corazón de su hija *Ixquic*. Luego se queda muy pensativo viendo arder el corazón.

III

*Ixquic*, guiada por *Huracán*, el dios del cielo, asciende desde las oquedades del reino de las tinieblas por el camino rojo, que es el de la vida, y llega hasta la casa vacía donde, en un hueco del tabanco del techo, *Hun-Hunahpú* y *Vucub-Hunahpú* escondieron la pelota del juego sagrado antes de partir a *Xibalbá*. *Ixmucané*, la madre de los príncipes asesinados, ya muy anciana y ciega, que por años ha esperado en vano el regreso de sus hijos, la siente llegar y la nombra con su nombre, *Ixquic*.

Allí da a luz *Ixquic* a sus hijos anunciados, *Hunhapú* e *Ixbalanqué*. Y cuando alcanzan la edad de la adolescencia les entrega la pelota, cuyo escondite le ha revelado *Ixmucané* antes de morir, para que se ejerciten en el juego sagrado. (Atuendos iguales a los de los príncipes asesinados.)

Oyendo jugar arriba de sus cabezas a la nueva pareja de hermanos, los señores de *Xibalbá*, *Huncamé* y *Vucub-Camé*, vuelven a enfurecerse y envían a los búhos mensajeros a retar a los jugadores con la esperanza de apoderarse de la pelota sagrada, esta vez para siempre.

Los hermanos aceptan el desafío, dispuestos a vengar a su padre asesinado. *Ixquic*, su madre, a la hora de la partida se debate entre dejarlos ir o retenerlos, pero al fin permite la marcha. Guiados por los búhos descienden al reino de *Xibalbá*. Antes, cada uno entrega a su madre una caña florecida: si las cañas permanecen en flor, será señal de que sobreviven; si las flores se marchitan, será señal de que han perecido. La pelota sagrada, ahora sí, va con ellos, entre sus instrumentos de juego.

Así van ya de camino hacia el reino de *Xibalbá*. Al llegar a la encrucijada de los cuatro caminos rehusan el consejo maligno de sus acompañantes y eligen el camino rojo, que es el de la vida, para descender.

Al presentarse a la sala del consejo ignoran a los muñecos de palo. Buscan en sus escondites, entre las sombras, a los señores de *Xibalbá*, *Huncamé* y *Vucub-Camé*, y no tardan en descubrirlos, saludándolos por sus nombres. Cuando son invitados a sentarse en los asientos de pedernal ardiente se niegan, y son ellos los que se burlan con ruidosas carcajadas de la trama de los señores.

Pasan por las pruebas de la casa de los tormentos y sobreviven a todas: conservan sus luminarias de ocote siempre encendidas, no perecen en el hielo, no son heridos por las navajas, aplastan a las serpientes, espantan las bandadas de murciélagos (cada aposento irá mostrándose a la vuelta del torno).

Cuando llega el alba, los señores de *Xibalbá* no tienen otro remedio que enfrentarse a los jóvenes hermanos en el juego sagrado de pelota, en el que son derrotados; todos los tantos son anotados en el anillo de los señores de *Xibalbá*.

Llenos de ira, ordenan a sus secuaces lanzarse a traición sobre los hermanos para despedazarlos y luego apoderarse de la pelota. Los hermanos luchan y logran ponerse en huida, ilesos, pero pierden la pelota sagrada. Regresan a la casa donde los espera su madre, quien los recibe llena de alegría mostrándoles las cañas, que han permanecido siempre florecidas.

IV

Un día llega a oídos de los señores de *Xibalbá*, *Huncamé* y *Vucub-Camé*, la noticia de que una pareja de hechiceros prodigiosos recorre sus dominios, encantando a su paso a todos los poblados con sus bailes y piruetas y sus actos de magia: son capaces de quemar casas y hacerlas reaparecer incólumes; degollar hombres y devolverlos a la vida; despedazarse a sí mismos y resucitar.

Los señores de *Xibalbá*, intrigados y curiosos, mandan a buscarlos con sus búhos mensajeros para que lleguen a bailar y obrar sus prodigios en presencia de ellos, en su palacio. Los dos extranjeros envían a decir a los señores que les da vergüenza presentarse delante de ellos, sucios y harapientos como andan (disfraces de harapos encima del atuendo de príncipes de *Hunahpú* e *Ixbalanqué*). Mas los señores dicen que no importa, que se presenten. Y que los recompensarán con magnífica paga.

Entonces, los dos magos vagabundos mandan a responder que no quieren ninguna paga. Que irán a condición de que las puertas del palacio se abran y el pueblo entre a presenciar la gran representación. Los señores, que además son avaros, se ríen de aquella demanda. Aceptan, y la gente pobre de los caminos y las aldeas penetra en parvadas al palacio tras los bailarines. (Diversa representación de atuendos humildes para la gente del pueblo: jornaleros del campo, artesanos, alfareros, mendigos, etc. El pueblo llenará el campo de pelota y la sala del palacio, salvo el atrio, reservado para la representación de los actos de magia.)

La pareja de magos, avergonzada, pretende no querer empezar a dar muestras de su arte por humildad ante tan poderosos señores. Los señores de *Xibalbá*, que ya arden de ganas de verlos actuar, los instan de mil maneras y les ofrecen cualquier recompensa, honor o distinción que quieran elegir. Ellos entonces piden una: la pelota sagrada.

Es tanto el afán de curiosidad de los señores, que tras un corto deliberar acceden, y les entregan la pelota. Pero al mismo tiempo han decidido que una vez terminada la representación mandarán asesinar a los vagabundos para recuperarla.

Los dos se disponen entonces a ejecutar sus suertes de magia, pidiendo a los señores que les señalen cada prodigio que quieren ver consumado. (Los actos de magia se realizan en el atrio del palacio, según ya se ha indicado.)

Les ordenan clavarse ellos mismos cuchillos en las carnes. Obedecen y sus heridas se restañan sin cicatrices ni huellas.

Les ordenan coger a dos de sus secuaces, los más temidos entre la comparsa de los guardianes felinos, y despedazarlos. Así lo cumplen y luego los resucitan, juntando todos sus pedazos.

Les ordenan despedazarse a sí mismos, trabados en lucha mortal. Así lo cumplen y vuelven sin embargo a la vida. (Con auxilio de las luces, pueden utilizarse maniquíes que simulen los cadáveres despedazados.)

Les ordenan prender un gran fuego para quemar el palacio. Así lo hacen, sin que nada perezca entre las llamas. (Efectos de luces y pirotecnia teatral.)

Les ordenan dar vida a los muñecos de palo que están sentados en los asientos de honor de la sala del consejo. Así lo hacen; los muñecos huyen, despavoridos de asombro, sin alcanzar a entender el misterio repentino de la vida. (Los muñecos ya no son en esta escena maniquíes, sino bailarines.)

En el éxtasis de la admiración, los señores de *Xibalbá* les ordenan tomarlos a ellos, cortarles las cabezas y colocárselas otra vez sobre los hombros, con su magia. Después de muchos ruegos, así lo cumplen. Ruedan las cabezas de los señores de *Xibalbá*, *Huncamé* y *Vucub-Camé* (trucaje con auxilio de juego de luces) y los dos magos bailarines, en lugar de reponérselas sobre los hombros, las machacan con los pies.

Espantados ante el suceso, la comparsa de secuaces, los felinos carniceros y la comparsa de anunciadores de muerte, los búhos mensajeros, quieren ponerse en fuga. Pero el pueblo, que llena el palacio, les copa todas las salidas, arrebatándoles sus lanzas y atravesándolos con ellas.

*Hunahpú* e *Ixbalanqué* se descubren de sus harapos y recuperan su imagen de príncipes. Ocupan los tronos y establecen en *Xibalbá* el reino de la justicia, apartando para siempre las tinieblas.

Luego, ambos se elevaron al cielo. A uno le tocó ser el sol y al otro la luna. Entonces se iluminó la bóveda del cielo y la faz de la tierra. El sol que acalora los días, la luna que vela las noches. Y ellos moran desde entonces en el cielo. (Proyección de cine sobre telón de fondo.)

Subieron también con ellos los miles de asesinados por los señores de *Xibalbá*, los despedazados en los caminos, los sacrificados, los atormentados, los enterrados vivos, todos los desaparecidos. Y así se volvieron compañeros de aquellos *Hunahpú* e *Ixbalanqué* y se convirtieron en las innumerables estrellas del cielo. (Sigue y termina proyección de cine sobre telón de fondo.)

Todo esto se cuenta en el *Popol-Vuh*, el libro sagrado de los quichés. (Telón lento.)

*Managua, diciembre de 1992-julio de 1993*
*Berlín, primavera de 1974*

## Catalina y Catalina

Esa tarde Catalina planchaba en combinación y sostén como todas las tardes, para aliviarse del calor, porque el cuarto era estrecho y mucho el fogazo de la hornilla de fierro donde se calentaban las planchas, o porque de verdad fuera una adúltera y por eso no se rasuraba los sobacos, aunque sí, y por lo mismo, se depilaba meticulosamente las piernas con una pinza. Adúltera, como después no se cansaría de acusarla mi padre delante de cualquiera, mordiendo las palabras entre las coronas metálicas de su dentadura. Y ya no tuve nunca otra forma de verla en adelante que a la luz de aquella acusación terrible que me recordaba la historia sagrada, derribada a pedradas en el polvo Catalina, magullada y ensangrentada bajo una lluvia de piedras, hasta morir.

Como todas las tardes, con el dedo humedecido de saliva probaba Catalina el calor de las planchas y se aplicaba con decisión sobre los cuellos y puños de las camisas blancas que rociaba con agua almidonada usando una bomba de flit; una vez planchada cada camisa, iba a depositarlas, desplegadas, sobre la cama, dentro del mosquitero extendido para que no les cayera el polvo; y en los descansos, acercaba a los carbones de la hornilla de fierro la cabellera rojiza para encender los cigarrillos Valencia que fumaba pensativa, sonriendo sola a veces, un brazo cruzado sobre el vientre desnudo, húmedo de sudor, el otro frente al rostro nublado por las lentas bocanadas que tardaban un mundo en deshacerse.

Catalina tenía la cabellera tirando a rojizo, los ojos de un amarillo claro y la voz ronca. Una vez, viéndola así, distraída, le preguntó mi padre al pasar para la calle, siempre mordiendo las palabras, que en qué pensaba tanto, como si aquello de verla así, perdida en lontananzas, lo molestara en el alma; se sonrió ella diciéndole que pensaba en países lejanos; y le contestó él, ya agriado, que tuviera mucho cuidado en no engañarlo sobre lo que andaba divagando su cabeza porque le podía costar muy caro.

Y, entonces, resultó lo de esa tarde que empecé diciendo, cuando apareció mi padre, de pronto, en la casa, a una hora en que nadie lo esperaba. Yo estudiaba en voz alta las guerras púnicas, sentada en un banquito al pie del planchador y mi hermano remendaba en el suelo un barrilete, usando el mismo almidón de las camisas. Decían, con admiración, que el secreto de Catalina para dejar aquellos cuellos y puños tan tersos y a la vez tan firmes, que hacía que le llovieran los encargos y la casa anduviera siempre llena de camisas blancas, camisas en el tendedero del patio, camisas sobre las sillas, sobre la mesa del comedor y debajo del mosquitero, estaba en la forma en que preparaba su almidón, batiéndolo despacio sin que al final se les espesara mucho, y en aquel procedimiento suyo de rociarlo en las camisas con una bomba de flit; pero yo más bien creo que se debía a su tesón con la plancha. Su brazo derecho, con el bíceps desarrollado, se había vuelto fuerte y musculoso, como de boxeador.

Mi padre se plantó frente a ella, menudo y nervioso como era, la manzana de Adán en un tenso temblor bajo la piel lastimada por la cuchilla de afeitar, las venas en enjambre repintadas muy gruesas en el cuello y debajo del vello de los brazos. La examinó de los pies a la cabeza, con ojos de desprecio; después le escupió en la cara, aún con más desprecio, y le ordenó que se fuera inmediatamente de la casa llamándola una y otra vez adúltera. Catalina, sin discutirle nada, se limpió con los dedos la saliva que le bajaba por la barbilla, y con su voz ronca le dijo que sí, que se iría, que no se preocupara, pero primero tenía que terminar de planchar las camisas blancas y le faltaba todavía media docena. Él, por toda repuesta, volvió a escupirle y volvió a la calle.

Entonces, cuando se había ido, mi hermano y yo corrimos llorando al lado de Catalina y nos prendimos de su combinación pidiéndole que no hiciera caso, que no se fuera. Ella siguió en su tarea de planchar y mientras tanto nos decía que no creyéramos nada malo de ella, que no era ninguna adúltera, eran cuentos y enredos de sus cuñadas que nunca la habían querido, pero que lo mejor era obedecer, que todos le debíamos obediencia a mi padre aunque estuviera equivocado, que nos portáramos bien y estudiáramos las lecciones, que nos iba a escribir, y que no me olvidara yo de entregar las camisas planchadas en las casas donde pertenecían, todas me las iba a dejar listas, debajo del mosquitero.

Y ya listas todas las camisas se fue al cuarto a meter en una caja de avena Quaker, que sacó de debajo de la cama, su ropa y sus cositas que tenía en el saliente de la ventana, una polvera musical, una muñequita china de porcelana con un paraguas, una foto suya entre pinares de cuando había ido en bus a Jinotega en un paseo, siendo soltera. En ese mismo saliente de la ventana mi padre manejaba, debajo de una piedra de río, unos poquitos libros que nunca cambiaron ni dejaron de estar allí: *El Conde de Montecristo*, una novela de Javier de Montepin que no recuerdo y un *Almanaque Mundial* que aun para entonces era ya viejo, de varios años atrás.

Después, Catalina se vistió, tranquila, silbando por lo bajo, como silbaba, a veces, cuando planchaba, y salió a la calle cargando la caja. La recuerdo en la puerta mirando en distintas direcciones como si no supiera para dónde iba a coger, parpadeando como si la deslumbrara mucho el sol, y recuerdo el vestido con que se fue, un vestido gris de tela de gro, bordado de negro en el cuello, que alguna vez había sido de fiesta, descosido de algunas puntadas en un costado. Tenía veintisiete años para entonces Catalina y, ya dije, el pelo tirando a rojizo, los ojos de un amarillo claro y la voz ronca.

Eran los tiempos del algodón. Mi padre era mecánico de tractores Caterpillar en el taller de la Nicaragua Machinery en Masaya, y le habían otorgado un diploma del mejor mecánico del año que colgaba en la pared, al lado de la mesa del comedor. Ganaba muy bien, tanto como para mandarme a mí al colegio de las monjas del Rosario y dar cada sábado fiestas en el patio que empezaban desde el mediodía. No necesitaba Catalina empeñarse en planchar camisas, él tenía suficiente para proveer; pero si quería seguir desarrollando su brazo de boxeador con el ejercicio de la plancha, allá ella.

La crudeza de carácter de mi padre la resumo hoy, no sé por qué, en su grueso cinturón de vaqueta trabajado al buril, en el sombrero de fieltro con manchas de sudor que no se quitaba ni dentro de la casa, y en sus botas recias, botas de trabajo pero siempre bien lustradas, extrañas en su brillo porque se suponían unas botas que no debían brillar. Y sobre todo en su voz, una voz de órdenes secas que no tenía matices, la voz con que le ordenó a Catalina salir para siempre de la casa después de llamarla adúltera, moliendo las palabras entre las coronas metálicas que se entreveían cuando comía, o cuando cantaba.

Porque mi padre cantaba boleros. Extraño, si se quiere; pero ya avanzadas sus fiestas del sábado mandaba a la calle a buscar algún trío; se sentaba en un banquito bajo delante de los guitarristas, se aconsejaba con ellos, cada vez, en el acompañamiento, y entonaba las letras con una voz suave y esquiva, siempre sin matices, los ojos cerrados y la mano en el entrecejo; y seguía cantando, bolero tras bolero, aunque la gente dejara de ponerle oído, y bebiendo, después de terminar cada canción, sorbos de un vaso de agua tibia que Catalina, por órdenes suyas, le ponía al lado, en el suelo.

Nunca puedo imaginarlo cantándole boleros a Catalina, sin embargo, ni acariciándola en la oscuridad, o quitándole alguna prenda de vestir mientras la besaba. Pero recuerdo una tarde de un sábado que me aburría en la casa y entré de pronto al dormitorio de los dos, en busca de nada; saltó él de la cama, desnudo, y se quedó sentado en el borde, encogido, sin darme la cara, mientras Catalina, desnuda también y bañada de sudor, se cubría hasta la cintura, sin quitarme la vista, recogiendo la sábana con extremo cuidado como si tratara de entrar en ella sin que yo me diera cuenta, mientras con su voz ronca, más enronquecida aún, me pedía que saliera.

Tampoco lo recuerdo haciéndome alguna caricia a mí, ni me recuerdo sentada nunca a la mesa junto a él. Se ponía a comer con mi hermano al lado, y ya cuchillo y tenedor en mano pasaba revista al plato, dividiéndolo luego con una señal de los cubiertos en cuatro partes iguales, como un campo de batalla, para empezar entonces su acometida, masticando de manera meticulosa y reflexiva y mirando de nuevo la comida antes de emprender cada bocado, sus ojos hostiles vigilando alrededor para prevenir cualquier interrupción.

Mi hermano y yo averiguamos al fin adónde se había ido Catalina. A la casa de su hermano Noelito, el escribiente del juzgado, cerca de la estación del ferrocarril, porque llegó un día mi tía Fula, que era la peor de todas, a decirle a mi padre que ésa seguía en Masaya, la desvergonzada, y que en la casa de su hermano alcahuete, Noelito el escribiente del juzgado que no tenía ni dónde caer muerto, recibía al querido.

Esta Fula y mis otras tías se daban ínfulas sociales, caminaban con paso altanero como si el suelo tuviera que pedirles permiso para dejarse pisar, iban a misa de sombrero, sombreros de velillo pendiente, adornados de flores artificiales, y anteojos de sol, que no se quitaban dentro de la iglesia porque para ellas eso era de grandes damas, hablaban continuamente de apellidos y riquezas, y tampoco tenían dónde caer muertas, igual que mi tío Noelito que siempre usaba los mismos pantalones, muy bien remendados, con mucho primor, pero los mismos pantalones que si eran oscuros iban perdiendo el color hasta que los años lo desvanecían por completo, y él hacía broma de aquella prueba de pobreza diciendo que así estrenaba sin gastar porque, al fin y al cabo, con el tiempo y un pelito, de todos modos llegaba a tener pantalones de distinto color.

Otra tarde en que caía un aguacero muy recio, mi hermano y yo nos concertamos para subirnos enganchados a la culata de un coche de caballos que llevaba pasajeros a la estación del ferrocarril, y fuimos a buscar a Catalina a la casa de su hermano Noelito. Pero ya no estaba.

Mi tío Noelito, que usaba un cabo de lápiz detrás de la oreja porque aquel era su oficio, escribir siempre, nos secó las cabezas con una toalla, nos fue a comprar él mismo, remojándose, una coca cola para cada uno a la pulpería de enfrente, nos metió a su aposento, que quedaba detrás de un biombo forrado con carátulas de revistas, nos sentó en su cama y nos explicó que Catalina se había trasladado a Managua con la voluntad de conseguir allá un dinero para el pasaje aéreo y así irse a vivir a Los Ángeles, donde ya tenía asegurado un trabajo de planchadora de cuellos y puños en una fábrica de camisas Van Heusen de unos judíos; que nos había dejado saludos por si acaso llegábamos a verla, y que antes de irse le había encargado comprarnos esas coca colas, de cuenta de ella. Y nos entregó el vuelto del billete que ella le había dado para las coca colas.

Al oír aquellas noticias yo empecé a llorar muy bajito mientras me tomaba la coca cola, y mi hermano sólo me miraba, muy asustado, y después me pedía que no llorara porque entonces él también iba a llorar.

No tiene nada malo que lloren por el recuerdo de su mamá, nos dijo entonces mi tío Noelito; es una mujer buena y trabajadora y estoy seguro de que apenas tenga con qué, los manda a traer a los dos para que vayan a pasear a los Estados Unidos y quién quita y hasta aprenden a hablar en inglés. Con esa promesa algo me consolé, y mi hermano se puso a preguntar sobre aquel viaje como si ya al día siguiente fuéramos a subirnos al avión.

Entonces le pregunté yo a mi tío Noelito, así, de pronto, si era cierto que Catalina era una adúltera, y aunque se lo pregunté dos veces, se hizo el disimulado, y más bien me preguntó él si me gustaba coleccionar estampillas; tenía una del volcán Momotombo, en forma de triángulo, que era escasa. Y aunque le dije que no, porque nada tenía que ver yo con estampillas, y lo que quería era que me contestara lo que le estaba preguntando, fue a sacar de una gaveta la estampilla, que me regaló, diciéndome que sería bueno que me volviera filatélica como él. Y dijo mi hermano: ¿es filatélica lo mismo que adúltera?

Pero mi tío Noelito, muy atolondrado, le contestó que no, que eran palabras muy distintas; y que nos fuéramos ya para la casa, ya había escampado, no viniera a darse cuenta su cuñado de que estábamos allí y Dios libre. Y nos tomó de la mano y nos llevó hasta la puerta.

No eran muchos los hombres que se relacionaban con Catalina. Recuerdo a dos. Valentín, mesero del Club Social que entraba con todo y bicicleta a la casa, a dejar el costal de sus camisas blancas sucias, un costal de harina Espiga de Oro, media docena por vez de camisas Venus porque era su obligación atender a los socios de camisa blanca y corbatín negro. Después de un rato se iba, manejando su bicicleta con una sola mano, las perchas con sus camisas blancas en la otra, flameando al viento.

Este Valentín, decía Catalina en son de reproche y como si él no estuviera allí, ya le he dicho que no se ponga tanta brillantina en el pelo porque le chorrea con el sudor en el cuello de las camisas y cuesta tanto sacar la costra de grumo que ni raspándola con un cuchillo. Y respondía siempre Valentín: es que me tengo que ver elegante, Catalina.

Valentín, para que ella lo hubiera llegado a tomar como pareja de adulterio, no era ni bien parecido ni nada. Un hombre sin gracia, común y corriente. Pero un día de Santa Catalina, que tuvo que haberlo averiguado él en el almanaque porque no se celebra por lo común, le llevó una tarjeta grande, de esas perfumadas, con dos corazones rojos de satín acolchado, que fue a entregarle hasta la mesa de planchar sin dejar la bicicleta que hacía girar sola sus pedales mientras él la empujaba por el manubrio. Ella, amuinada, sin alzar la cabeza, recibió la tarjeta y la guardó muy veloz bajo las camisas lavadas. Es todo lo que recuerdo.

El otro era Peter, el gerente de la sucursal del Banco Calley Dagnall, que sólo usaba camisas Arrow de mancuernillas, y eran una novedad que admiraba a Catalina las ballenitas de plástico que traían los cuellos por debajo para mantenerlos firmes. Peter se quedaba largo tiempo conversándole a Catalina cuando llegaba a dejar sus camisas en un saco de lona con las marcas del banco, de los mismos que servían para transportar billetes.

Le conversaba y le contaba chistes de los que ella se reía mientras planchaba, reprimiendo la risa con la boca cerrada, chistes de curas, conventos, monjas, burros, arrieros y loras, siempre había una lora en aquellos chistes; y siempre que terminaba de contar alguno, lo celebraba chocando las manos por arriba de la cabeza e iniciaba un paseo por el cuarto, moviendo las caderas, como en un paso de baile, y volvía a chocar las manos tantas veces como le fuera posible. Un día, algo que yo no oí le dijo Peter y ella se quedó algo así como pestañeando y tal vez llorando, y nunca volvió a aparecer Peter con sus camisas Arrow.

Eso fue todo. Salvo que, delante de Valentín y delante de Peter planchaba Catalina en combinación y sostén; entraban ellos y no se preocupaba de correr a ponerse nada encima, igual que si fuera mi padre el que entrara. Y aquello de quedarse delante de hombre extraños medio desvestida, que más bien podría ser prueba de su inocencia, mi tía Fula lo alegaba como prueba de su maldad, lo mismo el hecho de que todas las noches fuera sola al cine; asunto que no era su culpa, porque a mi padre le repugnaban las películas.

Ahora tengo la edad que tenía Catalina cuando se fue de la casa, veintisiete años; y quienes la conocieron de joven siempre me dicen que me parezco mucho a ella. Debe ser. Por lo menos tengo el pelo tirando a rojizo, aunque lo uso muy corto, los ojos de un amarillo claro, aunque desde los doce años llevo lentes, por la miopía; y la voz ronca, una voz que, según me dicen, es de tono sensual; una voz de alcoba, me dijo alguien una vez. Me llamo, además, Catalina. Y me quedé llamándola a ella por su nombre, Catalina, porque se fue lejos para siempre, y porque está de por medio esa acusación en su contra de haber sido adúltera, que sea o no cierto el hecho, me quitó también, desde entonces, la inclinación de llamarla mamá.

Cómo será ahora Catalina, qué aspecto tendrá, si conservará el color de su pelo o tendrá canas, arruguitas junto a los ojos y la boca, si seguirá fumando en combinación y sostén, si será siempre musculoso su brazo de planchar, si al fin habrá tenido allá un amante, en el caso de que no lo tuvo aquí. No lo sé. Nunca volvimos a verla, nunca tuvimos una fotografía suya, ni nos escribió nunca invitándonos a pasar una temporada con ella en Estados Unidos, como creía el pobre de mi tío Noelito: las vacaciones se les van a hacer pequeñas por tantos lugares donde su mamá los va a llevar a pasear, conocerán al perro Lassie en persona, comerán golosinas de allá, empacadas en celofán, y valijas nuevas, de esas de zipper, tendrán que traer por tanta ropa americana que ella va a comprarles. Mentiras.

Me bachilleré en el colegio de las monjas del Rosario, mi padre dio a hacer un traje entero para llevarme del brazo, siempre de botas fuertes, bien lustradas; yo le escogí en el almacén de Elías Frech la corbata que se puso, aunque se portó rebelde, ya vestido, a la hora de ir yo a cerrarle el botón del cuello porque le molestaba la manzana de adán. Y fue una de las pocas veces que lo vi reír, enseñando sus calzaduras metálicas, diciéndome que lo dejara, que el botón le apretaba mucho y que iba a parecer chivo ahorcado, con los ojos tan sobresalidos. Y asistió a la ceremonia con el cuello abierto, un sombrero nuevo que compró por su propia cuenta en el mismo almacén de Elías Frech, y unos anteojos oscuros, como mi tía Fula. Y nunca volvió a juntarse con ninguna otra mujer. Por lo menos, ninguna mujer que pusiera los pies en la casa.

Un día, mi hermano no amaneció en la casa. Se fue a la clandestinidad como se estaban yendo muchos de su edad en Masaya, y quedó faltando en su lugar en la mesa de comer al lado de mi padre. Él no dijo nada, ni preguntó nada, y en su aparente tranquilidad daba a entender que mi hermano lo había prevenido de su desaparición, sólo para no verse disminuido en su autoridad; algo muy falso, si costaba que los dos se pasaran palabra. Y en los meses que siguieron, al terminar su tarea de comer, sólo miraba con ojos fijos a la silleta vacía, claro que preocupado, mientras, por largo rato, se escarbaba los dientes con el palillo.

Me matriculé en derecho en la UCA y debía viajar todos los días a Managua, con lo que las relaciones con mi padre se fueron haciendo más lejanas, pues apenas nos veíamos por las noches y él con su costumbre constante de no admitirme nunca a la mesa aunque ahora tuviera que comer solo; y así, con esa distancia, yo tampoco iba a contarle que estaba metida en una célula clandestina y que recibía entrenamiento en el manejo de armas. Vino la insurrección de septiembre, me advirtieron que me buscaba la OSN, terminé asilada en la embajada de Costa Rica y salí exiliada para San José.

En el aeropuerto, cuando los exiliados, que éramos más de cincuenta, subíamos al avión charter en fila de uno, lo vi desde lejos en el balcón de la terminal desierta en un momento en que me volví por acaso, detenida frente a los agentes de la seguridad que comprobaban mi nombre en la lista. No sé cómo habrá llegado hasta allí, si habían prohibido la entrada a todos los familiares. No quitó un solo momento las manos de la barandilla, no hizo ningún ademán de saludo. Pero había venido a despedirme, por eso estaba allí bajo el sol; y desde lejos creía verlo masticar algo entre sus calzaduras metálicas, palabras que no salían de su boca cerrada, o acaso sólo masticaba sinsabores.

Llegó el año de 1979. Entonces, en plena ofensiva final mataron en combate a mi hermano, integrado a las fuerzas del Frente Sur que avanzaban desde la frontera con Costa Rica en busca de tomar la ciudad de Rivas. La columna logró recuperar el cadáver y lo enterramos en el panteón del poblado de La Cruz, del lado costarricense. Y entonces, llamó Catalina.

Fue al día siguiente del entierro. No se cómo habrá averiguado mi teléfono si en aquella casa de Curridabat vivíamos tantos escondidos tras seudónimos, y nos cambiábamos, además, de domicilio tan a menudo. Pero llamó. Te llaman por larga distancia, me dijeron. Yo estaba acomodando medicinas, vendas, gasas y esparadrapos en una caja, la última de un lote que debía salir esa mañana para el Frente Sur. Quién, pregunté. Dice la operadora que de Los Ángeles. Y corrí al teléfono. Catalina llamando a Catalina. ¿Es usted Catalina? Catalina, aquí está Catalina en la línea, adelante. Y esperé. Fueron segundos, muy largos. Adelante, dijo otra vez la operadora, y hubo un nuevo silencio.

¿Cómo sería su voz? ¿Sería aún más ronca que antes?

No pude saberlo porque lo que escuché fue un llanto que empezaba, una explosión lejana, un fulgor, un derrumbe, una polvareda de llanto, y yo también empecé a llorar como si todos aquellos años no hubiera hecho más que acumular mi carga de llanto para esperar la llegada de aquel momento en que tendría que responderle, llorando, llanto con llanto, y llorábamos y ninguna de las dos dejaba de llorar, y sólo nuestros sollozos en pugna que crecían, buscaban sosiego y después volvían a irrumpir con violencia desconsolada, podían percibirse a los dos lados de la línea, un llanto acercándose y otro llanto alejándose, uno que venía y otro que se iba para encontrarse, rechazarse y volver a encontrarse otra vez.

Era tanto tiempo, tantos años, había tantas cosas que decirse, buscar entre las dos, Catalina y Catalina, aquel hilo roto desde la tarde que la había visto por última vez en la acera, el viejo vestido de fiesta descosido en el costado, con la caja de su ropa en la mano, sosteniendo el cordel del amarre, tenso, entre los dedos, sin acertar a decidir adónde dirigirse, cegada por el sol; contarle, al menos, como si hubiera sido una cosa de ayer, que mi tío Noelito había cumplido con el encargo de comprarnos las coca colas con el dinero que ella le había dejado, y que me contara ella si se había marchado a Managua con su amante porque era una adúltera, o es que no tuviste nunca ningún amante y no fuiste una adúltera, mentía mi tía Fula, la muy engreída, mentían todas esas tías venenosas, enganchados en la culata de un coche fuimos a buscarte, desvalidos los dos en aquel aposento, remojados de lluvia, temblando de frío, no debía llorar yo para que no llorara mi hermano que me decía: voy a llorar, hermanita, tuvo que haber muerto él para que llamaras por fin, Catalina, qué te costaba, qué te hiciste todo este tiempo, ni una carta tuya, ni una línea, ni una razón, jamás nos mandaste una foto, me pusieron anteojos de miope, cumplí quince años, tuve mi fiesta, me bachilleré, se fue a la guerra mi hermano, yo me vine al exilio, a él lo mataron, cayó rescatando a un compañero herido bajo el fuego de los morteros en la colina 55, yo me he puesto luto, le pusieron su nombre a la columna guerrillera, ahora uso muy corto el pelo, qué te costaba comunicarte con nosotros para decirnos si estabas viva, iba a decirle yo con mi voz ronca aún más ronca por el llanto apenas dejáramos de llorar pero aún lloramos bastante rato todavía.

Y cuando, tanto tiempo después, al fin nos sosegamos, sorbiendo las dos el llanto, vino otro silencio; y, allá, en la distancia, desde muy lejos, oí decir:

—Catalina, Catalina. ¿Está allí?

—Número equivocado —dije yo. Y colgué.

*Managua, diciembre de 1994-abril de 1995*

*Catalina y Catalina* se terminó de imprimir en junio de 2001, en Litográfica Ingramex, S.A. de C.V. Centeno 162, Col. Granjas Esmeralda, C.P. 09810, México, D.F. Composición tipográfica: Angélica Alva Robledo. Cuidado de la edición: Ramón Córdoba. Corrección: Bulmaro Sánchez, Víctor Kuri y Valdemar Ramírez.